U0920258

我和厄尔以及将死的女孩

［美］杰西·安德鲁斯（Jesse Andrews）——著
胡绯——译

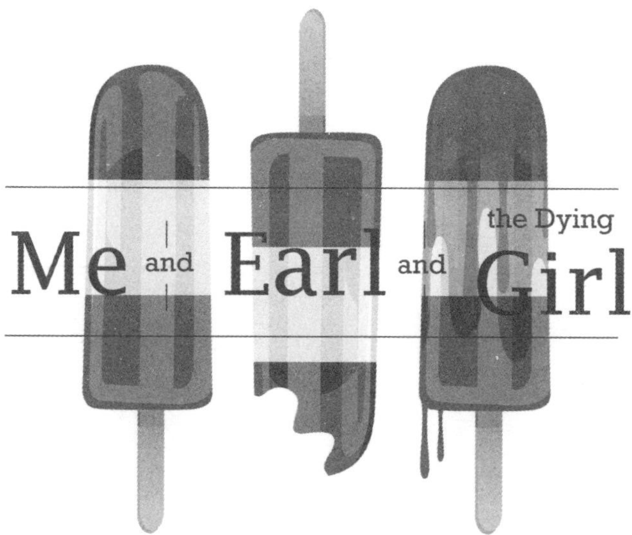

CNS PUBLISHING & MEDIA 湖南文艺出版社 HUNAN LITERATURE AND ART PUBLISHING HOUSE 博集天卷 CS-BOOKY

献给辛雷中学，

它与本森中学天差地别

目录

Contents

本书作者格雷格·盖恩斯寄语 _ 001

第一章 如此糟糕的生活谁过得下去 _ 001

第二章 剧本：十二年级开学第一天 _ 007

第三章 丢人现眼的一章早写早好 _ 015

第四章 佳人今何在 _ 023

第五章 命在旦夕的女孩 _ 025

第六章 电话邀约 _ 031

第七章 盖恩斯家一览 _ 039

第八章 电话邀约（二） _ 043

第九章 与厄尔的对话，多多少少算是典型 _ 049

第十章　扮风流，竟成“疯” _ 057
第十一章　上帝的愤怒 _ 067
第十二章　为影痴，却白痴 _ 075
第十三章　再来说说厄尔 _ 085
第十四章　餐厅风云 _ 091
第十五章　盖恩斯、杰克逊：联合出品 _ 103
第十六章　厄尔旧史再回顾，总该讲到头了吧 _ 109
第十七章　麦卡锡先生的办公室 _ 113
第十八章　毒品最逊 _ 125
第十九章　在我分心贪吃之际，厄尔背叛了我们的创意伙伴关系 _ 131
第二十章　蝙蝠侠 vs 蜘蛛侠 _ 135
第二十一章　两个“娘炮”男 _ 139
第二十二章　蜘蛛 vs 黄蜂 _ 147
第二十三章　吉尔伯特 _ 159
第二十四章　“面团仔”的太平日子 _ 165
第二十五章　傻瓜指南：白血病知识入门 _ 179
第二十六章　人肉佳肴 _ 183
第二十七章　你、我加一只喷血的火鸡，凑齐一家亲 _ 193

第二十八章 电影《瑞秋》：头脑风暴 _ 199

第二十九章 电影《瑞秋》：慰问版本 _ 203

第三十章 电影《瑞秋》：肯·伯恩斯版本 _ 207

第三十一章 电影《瑞秋》：袜子玩偶版本 _ 213

第三十二章 电影《瑞秋》：“超级无敌掌门狗”版本 _ 217

第三十三章 上帝啊，我该如何是好 _ 221

第三十四章 “搏击俱乐部”，可惜太蹩脚 _ 225

第三十五章 最后期限 _ 231

第三十六章 电影《瑞秋》 _ 237

第三十七章 我们的人生走上绝路 _ 243

第三十八章 余波 _ 249

第三十九章 余波（二） _ 255

第四十章 余波（三） _ 263

尾声 _ 271

本书作者格雷格·盖恩斯寄语

我真不知道该如何写这本蠢书。

能说句实话吗？百分百属实，绝不掺水。刚开始写这本书的时候，我本来打算搬出名句开篇——“那是最美好的时代，那是最糟糕的时代。”我是真心这么想的，谁让它是个经典开头呢？可惜的是，我死活想不出下一句该怎么接，于是直勾勾瞪着电脑一个小时，还好没有抓狂。走投无路之下，我想在标点和字体上要点花样，比如：

“那是最美好的时代？那是最糟糕的时代？！”

到底在瞎扯些什么？谁会这么写？恐怕没人会这么干，除非被真菌侵入了脑子。我觉得我的脑子可能就落入了真菌的魔爪。

关键在于，我根本不知道该怎么写这本书。原因则在于，我本来就不是什么文人墨客，我是个玩电影的嘛。因此诸位可能会暗自嘀咕：

1. 那这家伙干吗不干脆拍部电影，非要写本书？

2. 这事跟脑子有毛病扯得上什么关系？

答案：

1. 写书而不拍电影，是因为我已经从电影界金盆洗手，自此与电影一刀两断。准确地讲，我是在拍出了“史上最烂影片”后告别了影界。通常来说，世人旨在使出浑身解数拍摄佳作，随后功成身退（不然就更上一层楼：拍出佳作后一命呜呼），我偏偏反其道而行之。简而言之，我的职业生涯可总结如下：

① 诸多烂片；

② 一部无功无过的片；

③ 多部还过得去的片；

④ 一部拿得出手的片；

⑤ 两三部上乘好片；

⑥几部精彩佳作；

⑦ 史上最烂影片。

Fin.

那部片究竟烂到什么地步？它烂到真的闹出了一条人命，下文将会写到。

2. 这么说吧，如果我的脑子真的落入了真菌的魔爪，诸多不解之谜便会迎刃而解。不过如果情况属实，真菌蚕食我的脑子势必已经长达十几年。至于眼下，要么我脑子里的真菌自己嫌闷，因此要么拍拍屁股溜号了，要么就已经死于营养不良。

其实吧，趁我们还没有一头扎进这本离谱至极的书，我还要声明另外一件事：也许诸位已经发现本书的女主人公是个患癌的女孩，于是正在琢磨，“棒极了！这是个关于爱、死亡与成长的故事，见解深刻，富有真知灼见。说不定能让我从头哭到尾，真恨不得马上读起来啊。”——好吧，如果真这么想，你还是把书扔进垃圾筒，然后一溜烟躲个无影无踪为妙。因为真相是：瑞秋的白血病对我并没有任何启迪。实际上，正因为那件事，我在面对人生时也许会更加蠢笨。

事情越说越糊涂了。总之关键在于：本书中绝无任何“重于泰山的人生箴言”，绝无“独家珍藏的真爱之秘”，绝无缠缠绵绵、悲悲切切、“青春一去不再回”之类的哀鸣——诸如此类的噱头一概没有。除此之外，跟大多数女主人公患癌的书不一样，本书绝不会把模棱两可又十分煽情的句子单独弄成段落，然后再弄成黑体，让它显得大有深意。知道吧？说的就是以下这一类：

癌症夺去了她的双眸；但在她的眼前，世界比以往任何时候更加一目了然。

呃，吐死我算了。至于我的感受：在瑞秋濒死之际了解她，并没有给整件事赋予什么非凡的意义，反而害得我无路可退。明白吗？

好了，废话少说，直奔正题吧。

（我刚刚才意识到：你也许还不清楚“fin”是什么意思。“fin”是个电影用语。说详细一些，它是个法语词，意为“剧终——真是谢天谢地，因为这部电影说不定已经害得你一头雾水，毕竟它出自法国人之手。”）

这次真的 fin 了。

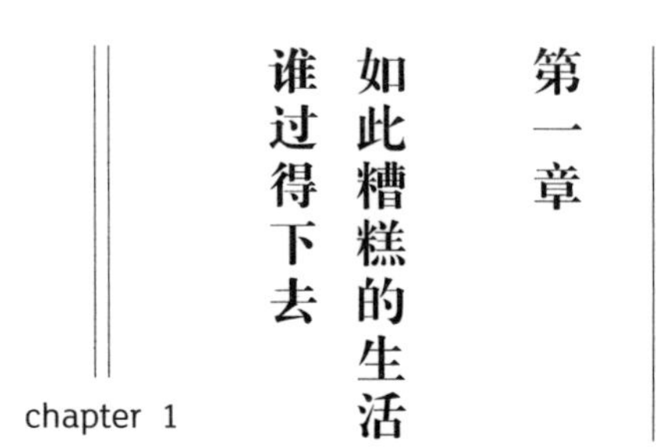

第一章 如此糟糕的生活谁过得下去

chapter 1

为了弄清楚前因后果，恐怕你得先弄清楚一个前提：高中烂到家了。诸位不反对吧？还用说吗？此乃举世公认的真理——高中逊毙了。事实上，正是在高中时期，我们会首次遭遇关于人生的终极谜题：如此操蛋的生活谁过得下去啊？

大多数时候，初中确实更差劲，不过初中实在太一无是处，我简直懒得费笔墨，因此我们还是讲回高中吧。

请容我先行自我介绍：格雷格·S. 盖恩斯，现年十七岁，本书记载期间就读于本森高中十二年级①，该高中位于风景宜人的宾夕法尼亚州

---

① 美国高中学制一般为四年，依次为九年级、十年级、十一年级、十二年级，可对应中国的初三、高一、高二、高三。

匹兹堡市中心。趁还没有切入正题，我们还是先来讲讲本森中学，讲讲它是如何操蛋的吧。

本森中学坐落于富人区松鼠山区与非富人区霍姆伍德区的交界处，从上述两区接收的学生数目大致相同。据电视节目所说，高中往往是富家子的天下，实际上，松鼠山区那些货真价实的富家子大多就读于本地私立学校——莎迪赛德学院，沦落到本森中学的寥寥无几，根本成不了什么气候。我的意思是，他们确实不时作怪，结果往往变成世上最招人疼的淘气包，比如，差不多每天上午十点半至十一点，奥莉薇亚·瑞恩都会被某个楼梯间里冒出的一摊尿吓掉魂，失心疯一样冲着途经的路人大呼小叫。乍看上去，你还以为她居然妄想揪出是谁干的呢。这时，你便忍不住想要好言相劝："丽芙[①]！幕后黑手或许不会再回犯罪现场哟，嫌疑人说不定早溜啦。"不过说归说，奥莉薇亚只怕依然会鬼叫个不停。总之，我的意思是，抓狂没什么大用。比方说，一只猫崽想对猎物下狠手，显而易见，猫咪有着食肉动物冷血嗜杀的本能，与此同时，人家可是一只迷死人的猫咪，你简直一心只想找个鞋盒子把它装进去，然后拍段视频放到 YouTube[②] 上给老奶奶们取乐。

也就是说，本森中学还轮不到富家子们来逞威风。排在下一位的竞争者是教会派。教会派确实人多势众，也确实有意在学校立威。可惜的是，其长处也正是其短处：控制欲。这拨人会挖空心思跟你打成一片，而他们跟你打成一片的办法是带你去他们的教堂。"有曲奇吃、有桌游

① 丽芙是奥莉薇亚的简称，丽芙·瑞恩即奥莉薇亚·瑞恩。

② 全球最大的视频网站。

玩哟。”他们会这么说，“还新装了一台 Wii 游戏机！”——似乎总觉得哪里有点别扭。后来你猛地恍然大悟：那些把歪脑筋动到未成年人身上的恋童癖者用的也是同一套台词。

因此，教会派永远也当不上领头羊，他们的招数太让人起鸡皮疙瘩了。在不少学校里，运动健将们是逐鹿王座的绝佳人选，但在本森高中，运动员几乎全是黑人，许多白人学生还蛮怕他们的。那还有谁能统领大众？高才生们？省省吧。他们对权术没什么兴趣，只希望悄无声息地熬到高中毕业，高中期间越不吸引眼球越妙。只要等到中学毕业，他们便可以一跃投入大学的怀抱，再没有人会因为精通副词的用法而奚落他们。戏剧迷？上帝啊，那必然会引发一场血流遍地的人间惨剧，那帮家伙只怕会被人用他们自己那些翻烂了的《绿野仙踪》歌本揍死。嗑药一族？人家懒得搭理你们。混混一族？人家难得在学校露面。乐队一族？跟戏剧迷差不多，某种程度上来说甚至更加不可救药。哥特一族？用脚指头想想也知道行不通。

因此，本森高中的社会等级里缺了最顶层，其后果就是：群魔乱舞。

（请容我先行申明：没错，我对小圈子的划分过于脸谱化。本校的富家子 / 高才生 / 运动员等人群是否各有不止一个小圈子？没错。是否有些小圈子不过是气味相投的一群人扎堆混在一起，找不出什么共同特征，没法贴标签？也没错。我是说，如果你乐意，我倒真可以把整个学校分门别类，跟每个小圈子所贴的标签都死磕到底，弄出些极品货色，比如“非裔美籍中产阶层十一年级生 4 c 小队”，但我相信没人看得下去，就连“非裔美籍中产阶层十一年级生 4 c 小队”自己人也会看不下去（该派系包括乔纳 · 威廉姆斯、德胡安 · 威廉姆斯、丹特 · 扬，以及达内尔·雷诺兹——不过，后者十一年级念到一半的时候，迷上了长号，在那之前，他也属于“非裔美籍中产阶层十一年级生4c小队”派系）。

没错，本森高中确实有不少小圈子，因此就有不少人争权夺势，结果人人恨不得要对方的命。因此问题在于：如果你属于某一派系，其他派系的人就恨不得要你的命。

不过话说回来，这个难题有一个解决之道：跟每个派系都攀上点关系。

我明白，我明白，听上去像是说胡话，但我就是这么干的。我并没有一头扎进任何一派，但我跟每个派系都攀得上。无论“富家子”“高才生”“运动员”“瘾君子”，还是“教会派”“戏剧迷”“乐队迷”“哥特族”，每个派系都对我敞开大门，对方连眼睛也不会眨一下。人人瞅我一眼，心里想的是：“格雷格！他跟我们是一拨的嘛。”或者想的是：“这家伙力挺我们。”不然至少也是：“我反正不会拿番茄酱扔格雷格。”——要拥有如此人脉，简直难如登天。请掂量一下弦外之音：

1. 跟其中任何一个派系交往，都必须尽量避开其他派系的耳目（如果避不开所有派系的耳目的话）

如果“富家子”阵营发现你跟“哥特族”如胶似漆，恐怕从此你就只能在“富家子”阵营吃闭门羹了。如果“教会派”发现你飘飘欲仙地走出某“瘾君子”的汽车，浑身烟雾腾腾，仿佛刚蒸过桑拿，恐怕你在教堂地下室扮乖乖仔的日子就一去不复返了。如果某运动健将亲眼见到你跟戏剧迷相谈甚欢（上帝啊），恐怕立刻就会把你当作同性恋者。世上再没有比同性恋者更让运动员谈之色变的了，绝没有。恰似犹太人忌惮纳粹党人，只不过，如果说到谁把对方收拾得满地找牙——这么看来，不如说活像纳粹党人忌惮犹太人。

2. 跟其中任何一个派系都不能走得太近

其中道理秉承第一条。你必须随时随地跟所有派别保持距离，游走在各派系之间。要与“哥特族”交好，但千万不要打扮成“哥特风”。要参加乐队，但放学后不要跟他们在乐队排练室里即兴演奏上一小时。在教会装饰得笑死人的娱乐室里露面，但遇上人家兴致勃勃地谈起耶稣，切勿掺和。

3. 午餐时、上课前及其他任何公开场合中，必须极度低调

我的意思是，干脆忘掉午餐好了。午餐期间正是向所属阵营表忠心的关头：全在于众目睽睽之下你会挨着哪一派坐，要不然的话（没这么衰吧），某些连派系都投靠不上的可怜虫会约你跟他们一起坐。显而易见，我并非跟那些无帮无派的家伙过不去；私底下，我其实挺同情他们，那些倒霉鬼呀。在本森高中这个由黑猩猩统领的丛林社会，他们正如缺胳膊少腿的老弱病残，在林间蹒跚而行，难以躲开来自同类的骚扰和折磨。问我是否同情他们？没错。要我跟他们结交？休想。跟他们结交，就会沦落到跟他们一样的下场。他们会来哄你，“格雷格，坐我旁边吧？”其实他们的意思是：“拜托乖乖待着别动，直到我捅你一刀。这样一来，等到那些吃人的猛兽向我们扑过来的时候，你就跑不掉了。”

不过说真的，无论何时，只要旁边有不止一个派系，你就必须尽可能地同他们保持距离。课间也好、午餐时也好，哪里都好。

这下诸位也许忍不住会发问："那你的死党怎么办呢？要是你跟死党上同一门课，你总不能不理他们吧？"

答案是：也许你没有认真听我讲。任何人都不能做你的死党，这正是重中之重；这种模式成于此，也败于此。**你过的可不是典型的高中生活。**

因为关键就在于：典型的高中生活逊毙了。

你也许还会问："格雷格，你为什么要说那些无帮无派的家伙的坏话？听上去，你不就是个无帮无派的家伙吗？"有道理，算是有点道理。我不属于任何阵营，但每个阵营的大门都对我敞开着，因此严格说来，我并不能算无帮无派。

说实话，我还找不到一个合适的词来定义这一招。有那么一段时间，我认为自己堪称一名"高中生密探"，不过想来想去，又觉得那个称谓容易让人会错意——别人还以为我偷偷摸摸跟性感撩人的意大利女郎有一腿呢。首先，本森中学连一个性感撩人的意大利女郎也没有，最沾边的一位只怕要算校长办公室的乔丹诺女士，但她长得五大三粗，脸孔活像一只鹦鹉。再说她把眉毛剃了个精光，重新画了两条眉毛，看上去怪得很。你越是细想那两条眉毛，越会感觉胃里阵阵发紧，让你恨不得冲自己的脑袋揍上几拳。

这是乔丹诺女士唯一一次在本书中露面，不骗你。

继续往下讲吧。

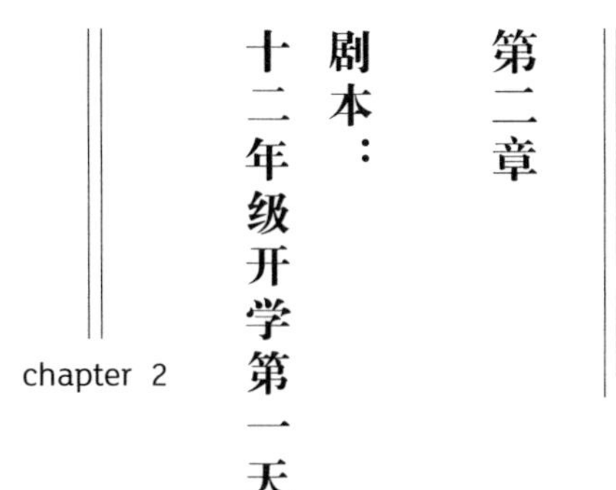

第二章 剧本：十二年级开学第一天

chapter 2

我猜该从十二年级的开学第一天讲起。其实那天美妙绝伦，直到我妈妈插手。

“美妙绝伦”是个相对的说法。我的期望值显然并不高，所以“美妙绝伦”也许过于夸张。正确的说法应该是：“十二年级开学第一天并没有害得我抓狂，逼得我恨不得躲进储物柜里装死，真让人又惊又喜。”

上学总让人头大，学年开学第一天尤其要命，因为大家出没的地盘会在这一天再行瓜分。刚才在第一章里，我忘了申明一件事：依照惯例，“富家子”“运动员”“高才生”“戏剧迷”等派系会按年级进一步划分：“哥特族”十年级生对“哥特族”十二年级生又恨又怕，念十一年级的“高才生”对念九年级的“高才生”则不屑一顾，等等。

因此，当某一届毕业离校的时候，他们昔日的地盘便成了各方争抢的对象，结果双方常常为此惹出些离谱的闹剧。

总之，当天早晨我忙得不得了。我犯了个傻，提前到校想要看场好戏，结果有些家伙已经出手在抢地盘了，基本都是些在本森高中比较吃瘪的派系。

内景　图书馆前方过道－早晨

贾斯汀·豪威尔在图书馆大门旁紧张地徘徊，打算为戏剧迷们占领地盘。他来回踱着步，嘴里哼着音乐剧《吉屋出租》[①]或《猫》[②]的主题曲。望见格雷格走过来，他显然松了一口气。

贾斯汀·豪威尔（显然放下了悬着的一颗心：幸好来人不是什么运动员，不是什么小混混，也不是某些会不分青红皂白给他扣“基佬”帽子的人）：嗨，格雷格。

格雷格·盖恩斯：贾斯汀，见到你很高兴。

贾斯汀·豪威尔：见到你很高兴。格雷格，你暑假过得怎么样?

格雷格：又热又闷。更惨的是，简直不敢相信它这么快就过完了。

贾斯汀·豪威尔：哈哈哈哈哈哈哈哈哈。噢，哈哈哈哈哈哈哈哈哈哈哈哈哈。

这句看似无伤大雅的玩笑乐得贾斯汀·豪威尔死去活来。或许要怪返校引起的焦虑，害得学生们个个疯癫。

① 《吉屋出租》，摇滚音乐剧。

② 《猫》，由作曲家安德鲁·洛伊德·韦伯根据T.S.艾略特的诗集《老负鼠的猫经》及其他诗歌编写的一部音乐剧，是史上最成功的音乐剧之一。

贾斯汀·豪威尔的反应跟格雷格预料中的不太一样：格雷格的本意是说几句不咸不淡的话，好让对方转头就忘。于是格雷格**耸了耸肩膀，心神不宁**地躲开对方的目光——当别人被他的话逗笑时，他通常就这么应付。

贾斯汀·豪威尔（续）（双眉挑得老高）：哈哈哈哈哈哈哈哈哈。

图书管理员**沃尔特太太**现身。她瞪大眼睛盯着他们。沃尔特太太一定是个**酒鬼**。

贾斯汀·豪威尔：嗨，沃尔特太太。

沃尔特太太（反感地）：哼。

贾斯汀·豪威尔：格雷格太逗了。

格雷格：好啦，待会儿见吧。

显而易见，目前我绝不会再朝图书馆里钻，然后跟贾斯汀·豪威尔亲亲热热地待上好一会儿。至于原因，我在上文已经解释清楚：绕道走的时候到了。

内景　乐队练习室前方过道－早晨

拉卡亚·托马斯和布伦丹·格罗斯曼还没办法进乐队练习室的门。尽管没有带乐器，他们却在聚精会神地钻研乐谱。明眼人都看得出这两人在演戏：人家对音乐颇为精通，因此两人不经意地一屁股坐下，读起了乐谱。

布伦丹·格罗斯曼：盖恩斯，今年你来管弦乐队吗?

格雷格（满怀歉意地）：忙不过来啊。

布伦丹·格罗斯曼：我没听错吧?

拉卡亚·托马斯（难以置信地）：可是今年该你敲定音鼓哦！那现

在谁来敲定音鼓?

布伦丹·格罗斯曼（扼腕叹息）：多半要被乔·迪米奥拉捡个便宜了。

格雷格：说得对，也许会是乔，反正他也比我敲得好。

拉卡亚·托马斯：乔把鼓槌弄得全是汗。

格雷格：那不是因为他太**用心**嘛。

内景　礼堂－早晨

两名“哥特族”十二年级生——**斯科特·梅休与艾伦·麦考密克**在礼堂后方的座位上玩**魔法牌**。格雷格小心翼翼地进了礼堂，目光飞快地扫视着整间屋。礼堂也许是校内最令人垂涎的一块宝地。只要稍候片刻，“运动员”“戏剧迷”“小混混”等阵营无疑会轮番来袭，势单力薄的“哥特族”实在没有多少胜算。

格雷格：哈罗，先生们。

斯科特·梅休：日安。

艾伦·麦考密克（用力飞快地眨了眨眼睛，毫无缘由）：嗯，日安。

“哥特族”傻蛋排在本校社会底层，与此同时，外人却休想混进“哥特族”的阵营——或许正因为他们的地位是如此之低。只要遇上别人来搭话，“哥特族”就会疑神疑鬼到离谱的地步。因为“哥特族”有不少怪癖，其中几乎没一样能逃过众人的嘲笑：他们对精灵与龙的痴心，他们的风衣，他们的发型——要么常年不修边幅，要么收拾得惊世骇俗，还有他们的步态——一边疾步如飞地走过，一边呼哧呼哧喘粗气。如果想要不走“哥特风”却又混进“哥特族”，那可不是件容易的事。

实际上，我对“哥特族”颇有好感，因为我彻头彻尾地理解他们的世界观。他们恨死了高中，正跟我一样。他们一次次想要逃离，到一片幻境中生活。在那里，他们大可以尽其一生翻山越岭，在八月同辉的异象下挥剑对敌。有时候我还觉得，如果换个时空，我说不定会是他们中间的一员呢。我长得白生生、胖乎乎，一向能被社交场合逼疯。另外说句实话，挥剑砍人简直棒极了。

我一边神往，一边跟两名“哥特族”一起蹲在礼堂里，转眼我就恍然大悟。

思虑再三之后，斯科特·梅休打出了一张牌——“亡灵军团”。

艾伦·麦考密克：糟糕。

格雷格：斯科特，“亡灵军团”好厉害。

我悟到的是：我还真受不了一天到晚夸人家的“亡灵军团”。这倒让我高看了自己几分。

于是没过多久，我就毕恭毕敬地离开了礼堂。

内景　南面楼梯间前方－早晨

“**非裔美籍中产阶层十一年级生4c小队**”的所有成员全在门附近。与此同时，“教会派”十年级生**伊恩·波萨马**把他的东西摆在走廊上，正孤零零一个人不屈不挠地等待着援军。

眼前的情景十分典型：遇到这种时刻，你应该尽可能地避免站队——如果你站到了某个阵营一边，那另一方的眼睛也没瞎嘛，他们势必从此排挤你。我的意思是，被“教会派”十年级生排挤倒算不上世界末日，但我的人生目标是不被任何人排挤。这个目标有时会显得很无脑吗？没错。话说回来，你能讲出一个任何时候都不会显得无脑的人生目标吗？动脑子想想你就会发觉，就连当总统也差劲得很。

格雷格低调地朝**伊恩·波萨马**点头致意。紧接着，乔纳森·威廉姆斯“随手”扔了个**皮球**，蹦蹦跳跳正好砸中格雷格的牙。

如果在以往，这种破事真的会让我下不了台。扔球的那帮家伙定会发出一阵哄笑，而我只能匆匆溜号，说不定还会被人家再扔一个球。

但没过多久，局面就已经非常明了：今年的形势显然有所不同。

发现扔出的球砸中了格雷格的牙，乔纳森·威廉姆斯并没有得意扬扬，反而不好意思地缩起了脖子。

达内尔·雷诺兹（看上去很恼火）：早就告诉过你，你会砸中人的。

丹特·扬：人家可是念十二年级的。

乔纳森·威廉姆斯（嗫嚅道）：对不起。

格雷格：没事。

德胡安·威廉姆斯推了乔纳森·威廉姆斯一下。

丹特·扬（剔着指甲）：扔你个大头鬼。

简而言之，念十二年级意味着：当别人扔东西砸中你的牙，只不过是场意外。换句话说，念十二年级简直棒极了。

总之，当天早晨，以及当天一整天，类似的情节反复上演。就这方面来说，十二年级的开学第一天无可挑剔。我在停车场跟一群坏脾气的外籍学生待了几分钟（领头的是绰号叫 “哭丧脸叙利亚人”的尼扎尔），随后跟足球队的人打了几声招呼，结果今年没人动手动脚来揪我的乳头。声名远播的瘾君子——戴夫·斯梅格斯跟我讲起了他的暑假经历，故事又臭又长，让人忍无可忍。幸好没过多久，他就被几个小妞分了神，我也趁机溜之大吉。旺塔·金想招呼我在 318 室挨着他坐，于是我假装正要去见某位老师，他连吭也没有吭一声。诸如此类，不胜枚举。

还有一件事，我差点就撞上了麦迪逊·哈德纳的胸部。她的双峰大概跟我的眼睛齐平。

第三章 丢人现眼的一章 早写早好

chapter 3

为了这本倒霉透顶的书，我不得不简单谈一谈女生。还是先试试吧，瞧瞧我能不能不揍自己就顺利熬过这一关。

首先，小妞们倾心帅哥，而我算不上帅。事实上，我看上去有点像个布丁。我的肤色极其苍白，身材显胖，长相尖嘴猴腮，视力也不怎么样，所以经常眯缝着眼睛。此外，我还患有慢性过敏性鼻炎——听起来倒是蛮有意思，其实基本上意味着经常要操心鼻屎。我的鼻子不太通气，因此大多数时候我都张着嘴，看上去蠢得够呛。

其次，小妞们倾心于自信的男人。请先记住这一条，然后重读上一段。当你看上去是个胖乎乎、眯眯眼、尖嘴猴腮、心智不太健全，还时时挖着鼻孔的家伙，那你恐怕很难信心十足。

最后，我的泡妞策略亟待提高。

泡妞术败绩＃ 1：冷面以对

念四年级时，我发现女孩子们楚楚动人。当然，我压根不知道该拿她们怎么办，只是隐隐希望其中能有一个归我所有，跟某件东西归我所有差不多。在所有四年级生中，最惹眼的美人无疑要数凯米 · 马歇尔。于是我支使厄尔去操场上找到凯米 · 马歇尔，告诉她："格雷格并没有暗恋你，但他担心你偷偷暗恋他。"厄尔传话的时候，我正站在五英尺开外的地方。我本来希望凯米会说："其实吧，我私下对格雷格一片痴心，恨不得当他的女朋友。"结果她回答道："你说谁？"

"格雷格 · 盖恩斯，"厄尔说，"他就站在那儿。"

他们两人双双扭头望着我。我抽出挖鼻孔的手，朝他们挥了挥——那时我才意识到自己正在挖鼻孔。

"拉倒吧。"凯米说。

从此以后，我的泡妞生涯依旧没有多少起色。

泡妞术败绩＃ 2：毒舌

凯米我显然是高攀不上了，但凯米的死党——麦迪逊·哈德纳也是一位非常迷人的辣妹。念五年级时，我认定：鉴于凯米如此让人心神荡漾，麦迪逊一定极为渴望被关注。（请注意：回头想想，十七岁的我很难理解一个十岁的毛丫头如何称得上"辣妹"，不过当初情有可原嘛。）

不管怎么说，我对麦迪逊使用的策略在其他五年级生身上很见效：损他们。于是我经常对她恶言相向，有时甚至损得狗屁不通：我把她叫作"麦迪逊大道·哈德纳"，却根本不明白"麦迪逊大道"是什么意思。我起的绰号还有“渣迪逊”“肥迪逊”，最后终于花了好一阵子想出了“麦迪逊臭屁啦”——这个绰号总会惹得其余学生咯咯傻笑，因此我经常用它。

关键在于，我简直毫不留情，有点过火。我告诉她，她的脑子跟恐龙一样小，另一副脑子长在屁股上。我说她家没有晚餐，全家人只是坐成一圈冲对方放屁，因为他们太蠢，蠢得连什么叫美食也不知道。曾经一度，我还打电话到她家里，说她用呕吐物洗头。

瞧，我是个傻蛋。我不希望大家认为我拜倒在某人的石榴裙下，因此决定让所有人都认为我恨死了麦迪逊。简直莫名其妙。光是回头想想，我就恨不得扇自己一耳光。

大约过了一个星期，我终于把她欺负哭了——记不清楚具体细节了，大概是咬定她用的唇膏跟鼻屎一样，结果老师罚我不得接近麦迪逊。我一声不吭地受了罚，之后大约五年再也没有跟麦迪逊搭过腔。直到今天，那依然是个不解之谜：曾经有一个星期，格雷格莫名地对麦迪逊恨之入骨。

上帝呀。

泡妞术败绩＃3：声东击西

这么说吧，我妈妈逼着我去念希伯来语学校，直到我的成年礼[①]。这破事让人非常头大，我根本不愿意提。话说回来，希伯来语学校有一个妙处：它的男女生比例棒极了。我所在的班上有六名女生，除我之外

---

① 犹太男子成人仪式，于13岁生日时举行。

则只有一名男生——乔希·梅茨格。问题在于：六名女生中只有一个辣妹——莉亚·卡森伯格；另一个问题则是：乔希·梅茨格是个到处留情的风流种。因为常游泳，他的一头长鬈发有点褪色，为人沉默寡言，成天板着一张脸，不仅害得我有点怕他，而且让女生们对他趋之若鹜，就连我们的老师也对他放电。希伯来语学校里是清一色的女老师，大多数还待字闺中。

无论如何，六年级到了，是时候对莉亚·卡森伯格出招了。为了赢取佳人芳心（请准备好见识前所未有的傻事），我决定设法让她吃醋。具体来说，所用的招数是跟瑞秋·库什纳打情骂俏。她是个相貌平平的小妞，长着大大的牙齿，头发比乔希·梅茨格卷曲得还厉害。跟她聊天没什么劲，因为她讲话慢死人，而且总是没有什么内容可讲。

不过她有一个长处：她觉得我是世界上最有趣的人。我随便一招就能逗得她哈哈大笑：学老师的样啦、做斗鸡眼啦、学鸽子跳舞啦。我的自尊很吃这一套。不幸的是，这对我与莉亚·卡森伯格之间的情缘成了一盆冷水。没过多久，莉亚·卡森伯格便认定我与瑞秋是一对，结果某天希伯来语学校放学后，她亲口夸我们是一对可人儿。

于是突然，我有了个女朋友。只可惜，不是我心仪的那个。

借尼扎尔的话讲（他是本森高中脾气最坏、英语说得最烂的外籍学生）——真是“他妈的狗屎蛋”。

第二天，我打电话告诉瑞秋，还是只谈友情吧。

“不要紧。”她说。

“太棒了。”我说。

“你想到我家来玩吗？”她问道。

“嗯，”我说，“我的脚被烤面包机卡住了。”这话蠢到家，但不用说，又逗得她好一阵开怀大笑。

“说真的，你想到我家来吗？”她足足情不自禁地咯咯笑了三十秒，然后又问一遍。

“我必须先解决烤面包机的问题。”我说。因为心知这种聊天不可能有下一步，我挂断了电话。

这个玩笑一开就是好几天，接着又是好几周。每逢瑞秋打电话过来，我有时说自己正粘在冰箱上，其余几次则不小心把自己跟一辆警车焊在了一起。我还加进了动物元素：“我得跟发怒的老虎厮杀呢。”不然就是“我正忙着消化整整一只袋熊”。——这话简直讲不通嘛。到了最后，瑞秋终于开始觉得这些话不太好笑了。“格雷格，说真的，”她的话变了样，“格雷格，如果你不想跟我一起玩的话，直说无妨。”可惜无论如何，我都无法说出口：那样也太狠了。最傻的一点是：我的做法其实要狠得多。但在当时，我并没有发觉。

说到这儿，我刚刚扇了自己一耳光。

到希伯来语学校上课变得非常难堪。瑞秋不愿意再跟我搭腔，莉亚跟我的关系也没有任何起色。我的意思是，是个人就能看出来：莉亚认定我是个无可救药的混账家伙。实际上，我可能多多少少出了一点力，让莉亚认定男人通通是些无可救药的混账家伙，因为在“瑞秋风波”过后没多久，莉亚变成了一位女同性恋者。

泡妞术败绩＃4：猛夸胸部

念七年级时，玛拉·拉巴斯蒂尔长着“一对”傲人的乳房。不过，对女孩的胸部大拍马屁绝不是个好主意，而我偏要吃个大亏才能学到。除此之外，非要强调人家长了“一对乳房”而不是“一个乳房”，那就更加火上浇油了。我说不清楚原因，但绝非虚言。“你的‘乳房’长得很美。”——你惨了。“你的一对‘乳房’长得很美。”——更糟糕。“你有两个‘乳房’？妙极了。”——你会吃个不及格。

泡妞术败绩＃5：扮绅士

念八年级时，玛丽亚·艾普斯一家搬到了匹兹堡。开学第一天，她在班上亮相，我对她一见倾心。她长相甜美，看上去很有灵气。最重要的是，她对我那傻到家的泡妞史一无所知。我心知自己必须赶紧采取行动。当天晚上，我的脑子搭错了线，竟然开口向妈妈请教：女生们究竟想要什么？

“女孩子中意绅士啊。”她说。她的声音有点吵，“女孩子都喜欢时不时收到花。”她边说边瞪眼怒视着爸爸——我妈妈的生日就在前一天。

于是到了次日，我穿着西装，带着一枝玫瑰到校，在第一节课前给了玛丽亚。

“若是本周末能有幸陪你去冰激凌店，我将备感开心。”我用英音说道。

“是吗？”她说。

“格雷格，你看上去很像‘基佬’哦。”不远处的运动员威尔·卡拉瑟斯说。

那招居然见效了。真是难以置信！我们还真的约会了一次。我与玛丽亚·艾普斯在匹兹堡奥克兰区碰头，我买了些冰激凌，我们双双坐下来。我暗自琢磨：从此刻开始，我的人生已经拨云见日。了不起。

也正是在那时，她开口了。

上帝啊，那小妞可真能讲。她可以一口气讲个没完没了，讲的总是她在明尼苏达州的那些朋友，我一个也不认识。她开口闭口就只爱讲这个。那些人的故事我足足听了数百个小时，而我正端着绅士派头，所以总不能开口说“真没劲”或“这故事我已经听过了”吧？

于是麻烦变了个样：绅士策略太过奏效，对方的期望值高得离谱。每天我都不得不穿上最考究的服饰去上学，一天到晚埋单，每天晚上还要花好几个小时煲电话粥，等等。有什么好处呢？反正不是上床。身为绅士，怎么能拈花惹草呢？倒不是说当时我真懂“拈花惹草”是什么意思。再加上我不得不一天到晚用蠢到家的英国口音讲话，结果所有人都认为我的脑子搭错了弦。

我不得不叫停。但如何叫停呢？难道要直来直去地告诉她：“玛丽亚，如果跟你在一起就意味着掏腰包花大钱，另外再听你絮叨，那还真是不值。”——显然行不通。于是我暗自谋划着猛然改改话风，除了恐龙什么也不要提，甚至假装成恐龙，好吓得她失魂落魄，可惜我也没胆去做。真让人左右为难哪。

谁知道，半路杀出了一个亚伦·维纳，救了我的小命。他带玛丽亚去看了场电影，又跟她在影院后排耳鬓厮磨。次日到校，他们便摇身变成了一对情侣。哗！问题解决了。我装作心酸不已，事实上如释重负，以至于在历史课上歇斯底里地大笑起来，因此不得不退堂去医疗室。

就这样，到了高中，我也懒得再在女孩身上费神，再在泡妞上费神。坦率地说，“玛丽亚风波”彻底断了我找个女友的念头。如果是这样的闹剧，那它还是见鬼去吧。

第四章 佳人今何在

chapter 4

卡梅伦（凯米）· 马歇尔：目前是数学联盟的领军人物。她还有个Hello Kitty（凯蒂猫）双肩包，也许并非意在反讽。毫无疑问，她已经不再是她们班最惹火的辣妹，不过我认为这也并没有让她烦心。

麦迪逊 · 哈德纳：目前极为火辣撩人，有可能在跟匹兹堡钢人队[①]的队员约会。

莉亚 · 卡森伯格：目前剃了个光头，脸上嵌了不少金属装饰品。本森高中的英文教师中，五分之四已经不再试图劝导她阅读由男性撰写的书籍。

① 匹兹堡钢人队，是一支位于宾夕法尼亚州匹兹堡市的职业美式橄榄球队，又译匹兹堡钢铁者队。

玛拉·拉巴斯蒂尔：带着她那妙不可言的胸部去了另一所高中。

玛丽亚·艾普斯：目前成了个戏剧迷。她有一帮货真价实的基佬密友，其中包括贾斯汀·豪威尔。天哪，他们还真是爱讲话。

瑞秋·库什纳：念十二年级时，患上了急性骨髓性白血病。

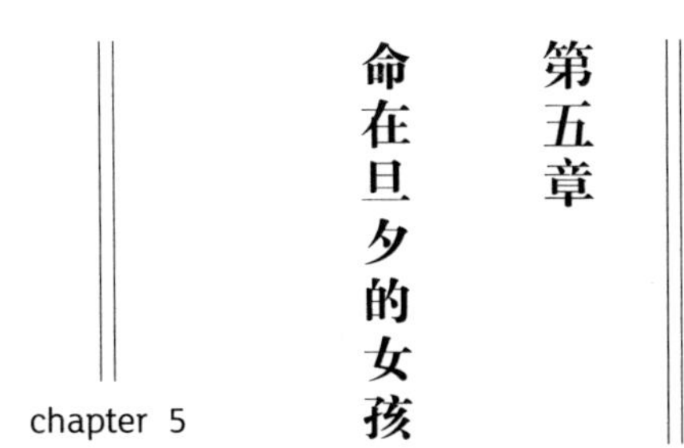

第五章 命在旦夕的女孩

chapter 5

刚一到家，我便得知瑞秋患了白血病。

好吧，重温一下：十二年级开学第一天即使算不上美妙，也不太糟，大大出乎我的意料。从富家千金奥莉薇亚·瑞恩到“哭丧脸叙利亚人”尼扎尔，人人都看我顺眼，没有谁图谋拆我的台。真是破天荒第一遭。另外，既然眼下再也没有高年级学生冲着我的头和背包喷芥末酱，总的来说压力小了不少。当个十二年级生不就是这么回事吗？老师们个个说一大堆“课程难得很”之类的废话，不过到了十二年级，你只怕已经回过神了：每个老师每年都说这一套，他们总是在骗人。

我的人生已至巅峰。可惜的是，我还不知道，等到妈妈一进屋，我一生中最辉煌的时刻便走到了尾声，加起来共有大约八小时。

内景　我的卧室－白天

格雷格坐在他的床上。他刚刚放学回家，正想读几页课上布置的《双城记》，可惜实在无法集中心神，因为他的“小弟弟”令人费解地一柱擎天了。格雷格的笔记本电脑摆在他的面前，但屏幕上的美胸只能帮点倒忙。这时传来了敲门声。

妈妈（画外音）：格雷格？宝贝？我可以进来跟你说几句话吗？

格雷格（悄声地）：见鬼见鬼见鬼。

妈妈（进了房间，正值格雷格欲盖弥彰地关上电脑）：亲爱的，你还好吧？

妈妈抱起双臂，在床前俯下身来。她双眉紧蹙，额上有道皱纹，眼睛一眨不眨地盯着格雷格——以上都是一些确凿无疑的迹象：她马上就要开口吩咐格雷格做些烦人的破事了。

格雷格刚才还莫名其妙一柱擎天的“小弟弟”立刻变得垂头丧气。

妈妈（又问一遍）：宝贝，你还好吧？

格雷格：什么事？

妈妈（好一会儿没有吭声）：有个非常伤心的消息要告诉你，宝贝。我很抱歉。

特写镜头——格雷格困惑的脸。他正在琢磨妈妈要告诉他什么噩耗。爸爸不在家。难道他因为个性古怪被大学炒了鱿鱼？有人因为举止古怪被炒掉吗？要不然，难道爸爸暗地里一直是个幕后高手，犯下了惊天罪行？目前他身份暴露，一家人不得不亡命天涯，逃到加勒比海某个鲜为人知的岛屿上？全家人住进窝棚，那小窝棚顶上铺的是锈迹斑斑的铁皮屋顶，屋里还有一只活的山羊？当地会不会有不少拿椰子壳当胸衣、拿树叶当裙子穿的姑娘？——那是夏威夷吧？弄错了，格雷格正做着去夏威夷的白日梦呢。

格雷格：说吧。

妈妈：我刚跟丹妮丝·库什纳通完电话。你知道丹妮丝吧，瑞秋的妈妈？

格雷格：不怎么熟。

妈妈：你不是跟瑞秋很要好吗？

格雷格：算是吧。

妈妈：你们交往过一段时间，对吧？她做过你的女朋友？

格雷格（感觉心神不宁）：好几年前的事情了吧。

妈妈：宝贝，丹妮丝刚刚得知，瑞秋得了白血病。

格雷格：噢。（沉默片刻，又傻傻地问）这病很严重吗？

妈妈（开始带上了哭腔）：噢，亲爱的。他们不清楚。正在做测试，他们会竭尽所能。不过不好说。（向前俯身）宝贝，非常遗憾。真的很不公平。太不公平了。

格雷格（听上去更加像个蠢货）：唔……真操蛋。

妈妈：没错，你一点也没说错。确实很操蛋。（神情激动，同时也有点诡异——谁家父母会说“操蛋”这种话？）确实很操蛋，太操蛋了。

格雷格（还在绞尽脑汁想找些应景的话，可惜没有找到）：唔，这……太操蛋了。糟糕透顶。（如果继续说下去，也许他能说出些不那么傻的话？）操蛋透顶。（上帝啊）天哪。

妈妈（情绪崩溃）：真操蛋，你没说错，操蛋透顶，格雷格。噢，我可怜的孩子。太糟糕了。

格雷格感觉很尴尬，下床准备给妈妈一个拥抱。妈妈正一边前后摇晃身子，一边啜泣。他们蹲下身相拥了片刻。

特写镜头——格雷格一头雾水又茫然无措的面孔。他显然心烦得很，真正让他心烦的是：他并没有妈妈那么伤心（简直差得远），而他不仅觉得内疚，还有点耿耿于怀。妈妈跟瑞秋很熟吗？没有嘛。那她为什么**如此抓狂**？话虽这么说，格雷格又为什么没有抓狂？格雷格闻讯没有掉眼泪，所以他是否该被贴上“混账”的标签？格雷格有种不祥的预感：这个消息会变成一场非常烦人、旷日持久的横祸。

妈妈（终于止住了哭声）：亲爱的，瑞秋现在比任何时候都需要朋友。

格雷格：唔。

妈妈（又说一遍，语气激动）：比任何时候都需要。我知道很难熬，但你别无选择。这是“善行”。“善行”相当于希伯来语版的“天大的麻烦”[①]。

格雷格：唔。

妈妈：你知道吧？你陪她待的时间越久，就越能给她的人生带来改观。

格雷格：嗯哼。

妈妈：真操蛋。但你必须坚强起来，你必须担当起作为朋友的责任。

不用说，事情糟透了。我到底该怎么办？就算我打电话给瑞秋，自告奋勇陪她消磨时光，又能起什么作用呢？我究竟该说些什么？“嘿，我听说你患上了血癌。听起来，得给你开张急诊处方，配一味‘格雷格特效药’。”首先，我还不清楚白血病是怎么回事。我重新打开了电脑。

---

① 原文中“善行”一词为希伯来语。

于是有那么一两秒钟，妈妈与我双双望着屏幕上的美胸。

妈妈（憎恶地）：呸，格雷格。

格雷格：这是从哪里冒出来的？！

妈妈：我来问问你——你是真心喜欢看这些东西吗？看上去假得不得了。

格雷格：你知道吗？嗯，这个，Facebook[①] 上最近新出了些弹出广告，基本上都是些艳照，有时候会随机地冒出来……

妈妈：真人的胸部看上去才不像水球。

格雷格：这是一则广告。

妈妈：格雷格，我又不傻。

随后我们发现，白血病便是血细胞癌症，是青少年所患的最常见的癌症，但瑞秋患上的那种——急性骨髓性白血病，并非青少年患者中普遍的类型。"急性"意味着白血病是凭空杀了出来，病情发展非常迅速，"骨髓性"则表明与骨髓相关。简单说来，瑞秋的血液与骨髓正遭到癌细胞来势汹汹地入侵。我在脑海中描绘着瑞秋，描绘着她的大牙齿和鬈头发遭受肉眼无法看见的病魔攻击，癌细胞在她的血液中沉浮。这下可好，我真的开始难受了。不过我倒不想哭，反而有点想吐。

格雷格：大家都知道病情了吗？

妈妈：依我看，目前瑞秋一家还没有把病情告诉别人。

格雷格（吃了一惊）：那不也应该瞒着我吗？

妈妈（举止有点怪）：没关系，亲爱的，告诉你没什么关系。

---

① 美国知名社交网站。

格雷格：为什么？

妈妈：嗯，刚才我跟丹妮丝聊过了。你知道吧？我们认为你能帮瑞秋。（开始絮叨）目前瑞秋急需朋友力挺，亲爱的。

格雷格：好啦。

妈妈：如果有人逗她笑，能帮上不少忙呢。

格雷格：行啦行啦。

妈妈：我只是觉得，如果你花点时间……

格雷格：好吧好吧，上帝啊。

妈妈神色凄楚地望了格雷格一眼，仿佛洞悉了他的心思。

妈妈：伤心也用不着难为情。

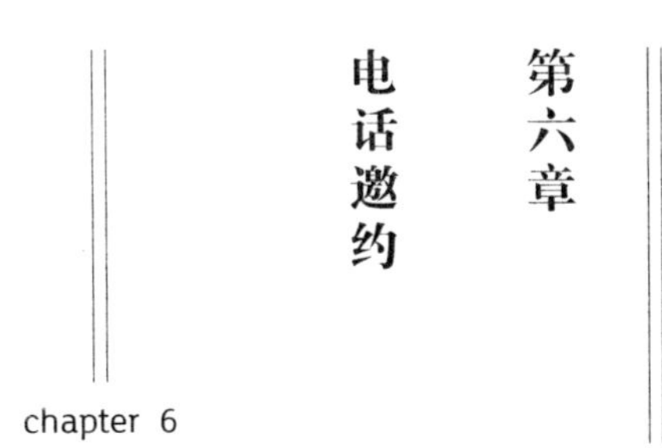

第六章 电话邀约

chapter 6

我坐在那儿，动弹不得：我不知道该说些什么。对一个时日无多的人，你能说些什么呢？对方甚至可能还不知道你已经知道真相了。我列了一串开场白，可惜其中没有一条像样。

开场白：

嘿，是我，格雷格。你想一起玩吗？

对方也许会回答：

瑞秋：你怎么会突然想要约我一起玩？

格雷格：因为我们可以待在一起的时间不多了。

瑞秋：这么说，你想约我一起玩，只不过是因为我活不长了。

格雷格：我只是想多抽点时间陪你！知道吧？趁着还来得及。

瑞秋：这也许是我听过的最没分寸的话了。

格雷格：还是重来吧。

开场白：

嘿，是我，格雷格。听说你患了白血病，所以我打电话过来哄你开心。

对方也许会回答：

瑞秋：你打电话怎么就能哄我开心呢？

格雷格：因为，嗯，我不知道！

瑞秋：你的电话只能让我想起以前的那些日子，那时你始终不肯跟我一起玩。

格雷格：天哪。

瑞秋：至于现在，你还要毁了我活在世上的最后一段时光。这就是你干的好事。

格雷格：……

瑞秋：我活在世上的日子没有几天了，你倒好，还非要来捣乱。

格雷格：他妈的，让我从头再试一次。

开场白：

嘿，是我，格雷格。你、我，再加上意大利面，正凑齐约会“三宝”。

对方也许会回答：

瑞秋：哈？

格雷格：我要跟你约会，一场“格雷格”式约会。

瑞秋：什么？

格雷格：听我说，我们能一起共度的日子不多了，所以弥足珍贵。让我们一起弥补逝去的昔日，让我们厮守吧。

瑞秋：噢，上帝啊，真是太浪漫了。

格雷格：……

格雷格：要命。

这件事无论如何也无法善终。妈妈非要我重拾一段友谊，那段友谊始于谎言，终于极其尴尬的局面。这样一段友谊如何重拾呢？没办法嘛。

“喂？谁呀？”电话那头，瑞秋的妈妈说道。她的声音听起来凶巴巴的，简直有点像狗吠——库什纳太太一贯如此。

“嗯，嗨，是我，格雷格。”我说。鬼使神差地，我没有开口要瑞秋的号码，反而问道，“你好吗？”

“格——雷格啊？”库什纳太太拖长声调说，“我很——好啊。”嘭！转眼间，她的语气冷不丁变了样。我还从未见过库什纳太太的这一面，我也并不希望见识到。

“那棒极啦。”我说。

“格雷格，你——怎么样呢？”她换上了女人们通常用来哄猫咪的腔调。

“嗯，还行。”我说。

“学校那边——如何呢？”

“正想方设法熬出生天呢。”话一出口，我立刻意识到这话大错特错，差点忍不住挂断电话。紧接着对方却说：“格雷格，你真逗。你一直都这么逗。”

听上去，她说的是真心话，但她的话里没有半点笑意。跟我原本担心的局面比起来，这个电话更加诡异。

“我打电话过来，是为了要瑞秋的号码。”我说。

“接到你的电话。她、一定、会、非常开心。”

“好吧。”我附和道。

“她在卧室里，正等着呢。”

我压根不明白这句话是什么意思。“她在卧室里，正等着呢。”等我吗？还是在等死？上帝啊，这也太惨淡了。我不禁想要添上一笔亮色。

“人生须尽欢。”我说。

不过区区三十秒左右，这已经是我第二次开口说出没分寸的话了。我再次恨不得挂断手机，把它吃下肚去。

谁知道——“格雷格，你还真有幽默感。”库什纳太太却告诉我，“永远别让他们得逞，别让他们夺走它，好吗？不要丢了你的幽默感。”

“‘他们’是谁？”我惊恐地问。

“世人啊。”库什纳太太说，“整个世界。”

“唔。”我说。

“这个世界会想方设法搞垮你，格雷格。”库什纳太太宣布道，“把你打趴下。”我没有搭话，于是她说，“我简直不知道自己在说些什么。”

库什纳太太已经崩溃了。眼前是道关口：要么激流勇进，要么被疯狂的潮水淹没。

“哈利路亚。”我说，“没错。”

“没错。”她欢声叫道——她居然真的咯咯笑出了声，“格雷格！”

“库什纳太太！”

“你可以叫我丹妮丝。”她的话让人胆战心惊。

“棒极了。”我说。

“给你瑞秋的号码。”丹妮丝说着告诉我瑞秋的号码。感谢上帝，丹妮丝总算完事了。经过这番折磨，等到开口跟“半真半假”的前女友谈起她的绝症时，我甚至感觉大大松了一口气。

“嗨，是我，瑞秋。”

“嘿，是我，格雷格。”

“嗨。”

“嘿。”

“……”

“我给医生打了个电话，他说要给你配一味‘格雷格特效药’。”

“那是什么药？”

“就是本人。”

“噢。”

“嗯，胶丸包装款，方便快捷。”

“噢。”

“没错。”

“我猜，你是听说我病了吧？”

“没错。”

“是我妈妈告诉你的？”

“唔，是我妈妈告诉我的。”

“噢。”

“那……嗯。”

“什么？”

“什么？”

“你刚才想说什么？”

“唔。”

“格雷格，什么啊？”

“嗯，我打电话来是……想问……你是不是愿意一起玩？”

“现在？”

“唔，当然。”

“不，谢谢。”

“唔……你不愿意跟我一起玩？”

“不，不过还是谢谢你。”

“好吧，也许过一阵子吧。”

“那过一阵子吧。”

“好。嗯……拜拜。”

“拜拜。”

我把电话挂断，不禁感觉自己是世上最混账的人渣。刚才的电话几乎跟我意料中的分毫不差，但我居然还是吃了瘪。顺便说一句，每次只要我妈设法掺和我的社交生活，结果总会吃一场让人尴尬的败仗。请容我申明：如果孩子还在念幼儿园，诸位妈咪想要一手掌控子女的社交生活也没什么不行，但我妈向来就会帮我约人一起玩，一直到我念九年级。最糟糕的一点是，除我之外，要是某个年满十二三岁的孩子由妈妈出面帮着约人一起玩，那孩子或多或少都有点发育障碍。我还是不细说了，总而言之，那些往事在我心中留下了一道疤；说不定正是这个缘故，我才花那么多时间抓狂或者装死。

不管怎么样，关于我妈如何插手我的人生，你现在见到的不过是沧海一粟。毋庸置疑，在我与前文提过的那种社交生活之间——没有朋友，没有敌人，也没有尴尬——我妈正是最难逾越的一道障碍。

依我猜，我还应该介绍一下我的家庭。如果很没劲，敬请见谅。

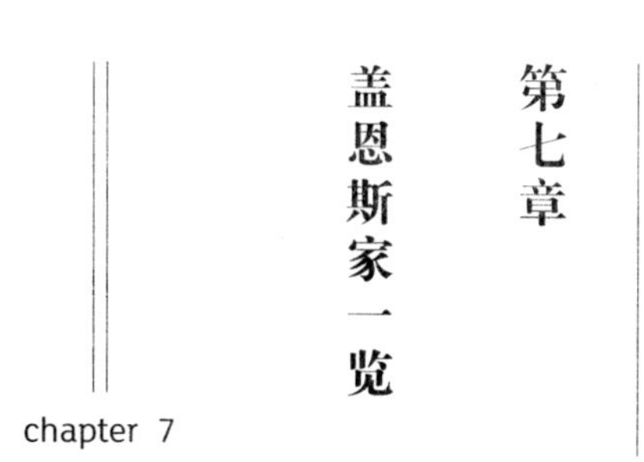

第七章 盖恩斯家一览

chapter 7

跟上一章一样，我们还是尽快翻过这一篇吧。

维克多·盖恩斯博士：

我爸爸，在卡内基梅隆大学任古典学教授。世上再没有比维克多·昆西·盖恩斯博士更古怪的人了。在我看来，我爸爸在20世纪80年代是个派对狂，毒品与酒精害得他的脑子搭错了弦。他最痴迷的事情之一是坐在客厅的摇椅上，一边前后摇晃，一边瞪着墙壁。他常穿着穆穆袍在家里四处转悠——那玩意实际上就是一条剪了几个洞的毯子。他还跟猫咪说话（它的名字叫“猫咪斯蒂文斯”），仿佛它是个活生生的真人。

要想不嫉妒我爸实在太难了。他每学期最多教两门课，通常只教一门，每个星期花在教课上的时间似乎少得可怜。有时候，他还会休一年假去写书。我爸对共事的大多数教授都没什么耐心，认定同事太爱发牢骚。他还一天到晚泡在匹兹堡横排区的特色食品店里，跟店主闲聊啦，买些闻所未闻的畜禽产品啦（家里其他人碰也不会碰这种东西），比如牦牛肚、鸵鸟肉肠和墨鱼干。

每隔两年，我爸爸会蓄起一丛络腮胡，看上去活像个塔利班分子。

玛拉·盖恩斯：

我妈妈玛拉，前嬉皮士。在嫁给爸爸之前，妈妈的人生过得精彩纷呈，可惜她对细节死活不肯松口。据我们所知，她一度住在以色列，我们怀疑她曾交往过一位具有沙特皇室身份的男友——这可是了不得的大事，因为她自己是个犹太人。实际上，玛拉·威斯曼·盖恩斯身上犹太气质十足。她在一家非营利性机构“Ahavat Ha 'Emet”担任执行董事，该机构会把犹太青少年送到以色列的“基布兹”集体农场[①]劳作。

不管怎么说，我妈妈是个爱心满满的人，而且任由爸爸随着他的性子胡来，另一方面，她也非常固执己见，尤其是涉及“是非”问题的时候。一旦她认定某事应该力挺，那件事便非办不可。没有“如果”，没有“而且”，没有“但是”；无论如何都得办，不管我们乐意不乐意。对“妈妈”一族来说，这个特点真是烦死人，基本上将我的人生毁于一旦，也毁了厄尔的人生。万分感谢，妈妈。

---

① 基布兹，以色列聚居区，尤指合作农场。

格蕾琴·盖恩斯：

格蕾琴是我妹妹，排行老二，今年十四岁——意味着在她身上，任何正常互动都注定吃瘪。我们一度非常要好，但十四岁的女孩脑子都有问题。她的主要兴趣是冲着妈妈大吼，以及不吃任何晚餐，无论什么菜色。

格蕾丝·盖恩斯：

格蕾丝是我的小妹妹，排行老三，今年六岁。格蕾琴跟我都相当肯定：格蕾丝的出生纯属意外。顺便说一句，你也许已经注意到，我们兄妹的名字都以“格”开头，听上去一点也不像犹太名字。一天晚上，我妈妈在晚餐时稍微喝多了点葡萄酒，结果向我们所有人坦白：在我们出生前，她意识到孩子将会继承他们爸爸那个不太有犹太味的姓氏，于是决定让我家所有小孩都变成“出人意料的犹太人”。也就是说，身为犹太人，我们取的却是暗度陈仓的盎格鲁 - 撒克逊名字。我知道，根本说不通嘛。依我看，这表明真菌入侵脑子的毛病在我家流传已久。

不管怎么样，总之，格蕾丝立志成为一名作家兼公主。跟爸爸一样，她也把猫咪斯蒂文斯当个真人对待。

猫咪斯蒂文斯·盖恩斯：

猫咪斯蒂文斯一度威风八面——当初，一旦有人进屋，它就用后爪撑着直立起来，嘶吼着朝对方发狠，或者在走廊上伸出爪子攀上你的小腿，然后一口咬下——但现在猫咪已经垂垂老矣，动作也慢得很。除非你伸手挠猫咪的肚皮，不然你没办法逼猫咪再咬人。准确地说，斯蒂文斯是我的猫，当初是我给它取的名字。取这个名字时我才七岁，刚刚从全国公共广播电台得知“猫咪·斯蒂文斯”[①]的大名（不用说，盖恩斯家能听的就只有全国公共广播电台）。当时在我看来，给猫咪取名叫“斯蒂文斯”简直顺理成章。

多年后我才发觉，原来“凯特·斯蒂文斯”——那位音乐人，长得实在有点寒碜。

有一点我务必一再强调：爸爸跟斯蒂文斯（说的是“猫咪斯蒂文斯”）亲密无间。除了与猫咪分享他那没完没了的哲学思考，爸爸有时会像敲鼓一样在斯蒂文斯身上乱弹，猫咪斯蒂文斯对此还非常痴迷。在所有家庭成员中，只有猫咪斯蒂文斯爱吃爸爸从横排区带回来的特色肉食，不过有时猫咪会用呕吐的方式表达对这些美食的喜爱。

“奈奈”·盖恩斯：

爸爸的母亲，住在波士顿，偶尔会来拜访我们。跟“猫咪斯蒂文斯”的遭遇差不多，对她的称呼是在我蹒跚学步时定下来的，现在再也没有机会改成“奶奶”了，因此我跟妹妹们都叫她“奈奈”。真丢人。谁小时候不犯错呢，我觉得。

---

① 此处指“凯特·斯蒂文斯”，即尤素福·伊斯拉姆（1948— ），20世纪70年代英国民谣摇滚代表人物。其艺名为“凯特·斯蒂文斯”，其中“凯特”与英文“猫咪”一词同音，因此格雷格误以为是“猫咪·斯蒂文斯”。

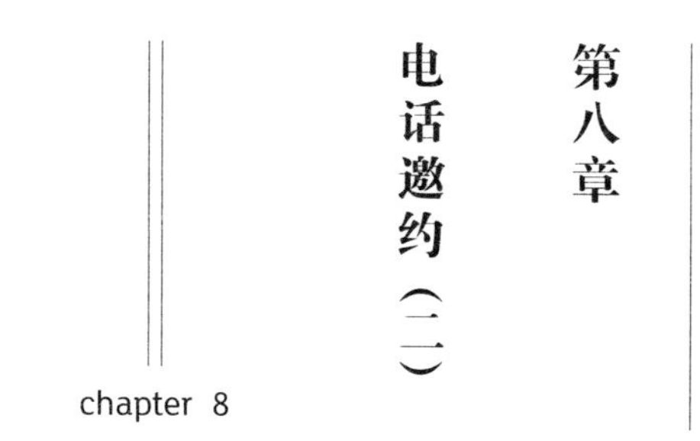

第八章 电话邀约（二）

chapter 8

得知瑞秋患癌是在周二，周三又听了妈妈一顿唠叨，我再次打了个电话给瑞秋，而她再次拒绝让我陪。到了周四，我的名字刚一出口，她就啪一声挂断了电话。

因此到了周五，我本来没打算给瑞秋打电话。放学回家以后，我径直去了影音室看电影。准确地说，是让－吕克·戈达尔执导的 1965 版《阿尔法城》[①]，待会儿我还要跟厄尔一起重看一遍，以便钻研。对了，尽管这本蠢到家的书已经开篇好一阵了，我却发现你还不知道厄尔是谁。不过请稍候片刻，厄尔马上会亮相，也许先等我用脑袋撞撞

① 又译《阿尔发城》，法国导演让－吕克·戈达尔于 1965 年执导的科幻黑色电影，获得第 15 届柏林影展金熊奖。

门再说。

不管怎么样，我才看到片头字幕，妈妈就进了屋，使出了她的招牌手段：她关掉电视，张嘴开始说话，一口气说个滔滔不绝。无论我出什么招，也无法让她住嘴，人家就是没完没了。

妈妈：你别无选择，格雷格，因为现在你有机会尽到一己之力，投身到一件难得一见而且意义非常重大的事情中……

格雷格：妈妈，见鬼……

妈妈：……让我来告诉你，它不是……

格雷格：是瑞秋的事吗？因为……

妈妈：我眼睁睁看着你每天像只咽了气的鼻涕虫一样大大咧咧地躺着，躺了一天又一天，与此同时，你的一个朋友却……

格雷格：我能插句话吗？

妈妈：……真让人受不了，真的。你有大把的时间可以挥霍，可是坦白讲，瑞秋……

格雷格：妈妈，等一下，就让我说一句……

妈妈：……如果你认为你的任何借口会比一个女孩子的幸福更重要……

格雷格：狗屎。拜托你歇一下……

妈妈：……你给我乖乖地拿起手机，乖乖地打电话给瑞秋，乖乖地安排陪……

格雷格：瑞秋根本就不给我说话的机会！她一接电话就挂！妈妈！她会挂我电话。

妈妈：……在这个世界上，底线是：你要学会给予，因为你已经得到了一切……

格雷格：唉哟。

妈妈：要是觉得你“哎哟”一声就能脱身，小鬼，你就打错主意了。没门，门都没有，你……

一点办法也没有，我不得不打电话给瑞秋。谁能挡得住我妈势不可当的绝招？这也许正是我妈妈执掌一家非营利性组织的缘故：非营利性组织不就是靠舌灿莲花说服人家吗？跟威尔·卡拉瑟斯说服你把“多力多滋”乖乖给他是一个道理，只不过非营利性组织还缺了一点颇有说服力的优势：你并不担心非营利性组织稍后会在更衣室里趁你不备，用毛巾啪地抽在你光溜溜的屁股上。

于是，我只好又给瑞秋打了一个电话。

“你想干什么呀？”

“嗨，请别挂我电话。”

“我说，你想干什么？”

“我想陪陪你。拜托。”

“……”

“瑞秋？”

“在学校你不肯理我，放学后却想陪陪我？”

嗯，她没说错。瑞秋和我有几门课在一起上，其中包括微积分，我们就坐在同一桌。没错，课上我也没有主动找她搭话。但我的意思是，这不正是我在学校的一贯作风吗？我可不会主动找任何人搭话。没有朋友，没有敌人——关键正在于此。

不过话说回来，如果你认为我知道如何在电话里将一切解释清楚，那你肯定把我之前讲的都当了耳边风。我跟猫咪斯蒂文斯一样不善于沟通，咬人的凶劲跟它比也差不到哪里去。

“不，我没有不理你。”

“你明明就是。”

“我觉得是你对我不理不睬。”

“……”

“嗯，没错。”

“不过，你对我一向都不理不睬。”

“唔。”

“我一直觉得你不愿意跟我做朋友。”

“唔。”

“……”

“……”

“格雷格？”

“其实是这样：你伤了我的心。”

在某些方面，我还算个聪明人——词汇量大、擅长数学，毋庸置疑，我一定是聪明人中最蠢的一个。

“居然是我伤了你的心。”

“嗯，算是吧。”

“我究竟怎么‘算是’伤了你的心呢？”

“嗯……还记得乔希吗？”

“乔希·梅茨格？”

“上希伯来语学校的时候，我以为你对乔希痴心一片。”

“你怎么会这么想？”

“我以为我们班上每个人都对乔希神魂颠倒。”

“拜托，乔希一天到晚都哭丧着一张脸。”

“不，他只是气质阴郁，嗯……如梦似幻。”

“格雷格，听上去是你对乔希神魂颠倒嘛。”

“呃，噗！”

真是破天荒第一次，出乎意料。瑞秋居然把我逗得开怀大笑。我的意思是，她的话也不算太逗，但完全出乎意料，因此刚才我像呕吐一样发出了“呃，噗”的声音，而不是哈哈大笑。不管怎么说，这时我心里明白，这事我算是揽上了。

“你真觉得我对乔希神魂颠倒？”

“是啊。”

“因此伤了心？”

“当然啦。”

“嗯，那你当初怎么不说清楚呢？”

“说得对，当初我不是蠢吗？”

说起我的谈话技巧，真正奏效的并不多，其中很有用的一招是把过去的自己往死里踩。你说什么？十二岁的格雷格对你很混账？他对谁都很混账。他房间里还藏了差不多三十个毛绒玩具呢！真是个衰人。

“格雷格，我很抱歉。”

“不！不，不，不。是我的错。”

“嗯，现在你在干什么？”

“没干什么。”我撒了个谎。

“如果乐意的话，你可以过来找我啊。”

任务完成。只不过，我得给厄尔打个电话。

第九章 与厄尔的对话，多多少少算是典型

chapter 9

“嗨，厄尔？”

“什么事？哥们儿。”

“哥们儿”是个好兆头：这词的意思跟“伙计”差不多，当厄尔嘴里说出“哥们儿”一词时，意味着他的心情很不错——这种情形难得一见。

“嗨，厄尔，今天我看不成《阿尔法城》了。”

“怎么回事？”

“不好意思，我得去陪个女孩，嗯……犹太教会里认识的某个女生。”

“搞什么鬼啊？”

“她……”

“你是要让她‘爽翻天’吗？”

有时候，厄尔还真是口无遮拦。念高中以来，他的棱角其实磨平了不少，不管你信不信。要是在初中，他嘴里说出的话只怕会更不堪入耳。

“没错，厄尔，我就是要让她‘爽翻天’。”

“嘿！”

“正合我意。”

“你知道怎么让女生‘爽翻天’吗？”

“呃，其实不太清楚。”

“盖恩斯老爹还从来没有坐下跟你谈心，说：儿子，总有一天你得出手让女生‘爽一爽’。对吧？”

“确实没有。不过他倒是教我另外一招：让人‘爽到家’。”

当厄尔全面开启“恶心模式”时，你一定得接招，不然会觉得自己无比窝囊。

“愿上帝保佑他。”

“好啊。”

“我会教你几招如何让女生‘爽翻天’，不过有点高深。”

“真可惜。”

“我还得用几张图表之类的玩意。”

“嗯，也许今天晚上你可以画几张。”

“小子，我可没有那种闲工夫，我还得让二十多个小妞‘爽翻天’呢。”

“是吗？”

“十万火急哪。”

“你那边有二十个小妞，排成一排等着跟你上床呢。”

“噢，见鬼，真是见鬼了。有谁提到‘上床’两个字了吗，格雷格？你的脑子到底搭错了哪根筋？呃，真下流。”

厄尔有时就爱胡扯，装作你很粗俗，他才一尘不染，其实他显然要粗俗得多。多年来，这是他用来逗乐的经典招数，已经用得炉火纯青。

“唔，不好意思。”

“天哪，你真恶心，真变态。”

“嗯，这话说得确实过分了些。”

“我明明说的是，我这边有蜂蜜芥末酱，有亨氏 57 牛排酱，总之料多味足，让人‘爽翻天’哟。”

“没错。那一点也不恶心。我说的话很恶心，你刚刚说的一点也不恶心。”

“还有芥末酱和康宝酱呢。”

“恶心模式”也许根本收不住尾，所以如果你真的有话要讲，有时不得不半路打断他的话头。

“所以不好意思，今晚我是看不成戈达尔了。”

“那你想明天看吗？”

“好啊，我们明天看吧。”

“那就放学之后。多弄点牛排备着。”

“好吧，但我想我妈今晚不会做牛排。”

“牛排要定了。代我向你爸妈问好，哥们儿。”

厄尔是我的朋友，算是吧。实际上，厄尔与我更像搭档。

关于厄尔·杰克逊，你需要知晓的头等大事是：如果你提到他的身高，他会扭身飞腿踢在你头上。矮个子经常四肢发达得不得了。准确地说，厄尔的个子跟十岁小孩差不多，但只要距离地面七英尺以内的物品，就休想逃过他的飞腿。除此之外，厄尔的默认心情是“火大”，备选默认心情则是“怒火万丈”。

问题还不仅在于他个子矮，厄尔看上去也确实显小。他长着一双铜铃般的圆眼，脸孔颇有几分神似《星球大战》中的尤达大师，惹得女生们个个母爱爆棚，对他好言相对。成年人却不太把他当回事，尤其是老师。跟厄尔讲话的时候，他们简直没办法把他当个正常人。他们会深深地弯下腰，用起伏不定的声调说：“嗨——厄尔——哪！”听上去很荒谬，仿佛厄尔会发出一种无形的气场，害得周遭人群通通傻掉。

最糟糕的是，厄尔的家人个个都比他高，无论他的兄弟、同母异父兄弟、继妹、表兄妹、姑姑、叔叔，还是他的继父，就连他妈妈也比他高。真是太不公平了。每逢家里人一起烧烤，大约每隔九十秒就有人开玩笑摸摸他的头，对方的年纪还不一定比他大。时不时会有人把厄尔挤开，而且对方压根没有发觉他们把他挤到了一边。厄尔不敢大大咧咧在开阔处晃悠，不然的话，他的兄弟们会轮番一溜烟奔过来，从他的脑袋上跨过去。如果日子过成这副德行，你恐怕也会随时随地窝着一肚子气。

但从某些角度看，厄尔的家庭生活棒极了。他跟两个兄弟、三个同母异父兄弟，再加一条狗，一起住在距潘恩大道几个街区的一栋大屋里。父母基本上对他们不管不问，于是他们整天玩电玩，吃达美乐比萨。厄尔的妈妈也住在大屋里，但她通常只在三楼出没。大家很少说起她在三楼做些什么，尤其厄尔在场时，但我可以告诉你的是，总之跟百加得银标莫吉托鸡尾酒和在线聊天室撇不开干系。与此同时，楼下可有整整六个男人住在同一个屋檐下，那可真是好戏连台啊！能出什么问题?

问题一：

嗯，这个家的财务状况有点棘手。家里缺了个老爸：厄尔的生父在得克萨斯州之类的地方，同母异父兄弟的生父在牢里。厄尔的妈妈收入十分微薄。厄尔同母异父的两个兄弟——双胞胎麦克斯韦与费利克斯加入了霍姆伍德区一个雄心勃勃的帮派，靠贩毒多多少少补贴家用。市面上风行的毒品厄尔大多都试过，不过如今他只抽烟。这么说吧，他家跟贩毒和帮派有点牵连，也许算一个问题。

问题二、问题三：

需要声明的是：厄尔家还有点噪声问题，无论是电玩的动静也好，音乐也好，还是有人大吼大叫也好。另外，他家的味道也不太好闻。一般来说，他家随处扔着垃圾，垃圾下面还常常渗出一摊臭汁，他家兄弟也不太爱洗衣服。有时候，某人说不定会喝得烂醉，吐在地板上，要等好几天才能收拾干净，家里的一堆堆狗屎也一样。我不希望自己听上去有副“贱货婊子”德行（费利克斯的原话），毋庸置疑，住在这样一个地方舒服不到哪里去。

问题四：

杰克逊家的学术氛围也不怎么样。家里只有厄尔一个人坚持每天到校，德温和德里克有可能接连好几周不在学校露面，厄尔同母异父的兄弟则全部辍了学，其中包括十三岁的布兰登——他可是一群孩子中最凶、最咄咄逼人的一个。（举个例子吧：布兰登的脖子上有个硕大的文身，在几支枪的图案旁边文了“真黑鬼”几个字，看上去就感觉疼得很。尽管他的公鸭嗓还没变完声，布兰登却有支真枪，而且已经让某小妞大了肚子。如果匹兹堡市要颁发“最不看好之人才”奖，布兰登恐怕会上候选名单）。上文刚刚提过，杰克逊家有点噪声问题，因此他家大屋不太适合读书、做作业，也不适合干活。除此之外，如果家里有人发现你居然待在屋里读书，有时会认为大有理由好好修理你一顿。

问题五至十：

杰克逊家的房子摇摇欲坠：前院水沟泛滥，几间卧室的天花板滴滴答答地滴水。通常家里至少有一个马桶正堵着，而且没有任何人愿意管。到了冬季，供暖设备一般都会出故障，大家不得不穿着冬衣过夜。老鼠百分百少不了，蟑螂肆虐成灾，家里的自来水最好也不要喝。

不过，他家的电玩倒是十分可靠。

因此，每当跟厄尔一起玩，我们通常会来我家。眼下厄尔俨然成了我家的一员，仿佛我父母多出了一个爱抽烟、矮个子的儿子。在所有成人中，除了麦卡锡先生，恐怕只有我爸妈多少算是明白如何跟厄尔搭话，却不惹火他——请注意“多少算是明白”一词：我爸妈跟厄尔的交流总让人觉得如在梦中。

内景　我家客厅－白天

爸爸正坐在摇椅上，凝望着墙壁——这可是他的一大爱好。猫咪斯蒂文斯在沙发上打盹。厄尔现身向前门走去，在掌心里拍着一盒香烟。

厄尔：最近生活过得怎么样啊？盖恩斯先生。

爸爸（神秘兮兮地重复他的话）：生活。

厄尔（耐心地）：你的生活过得怎么样啊？

爸爸：生活！没错，生活。人生多美好，刚刚我还在跟猫咪斯蒂文斯讲呢。你过得怎么样？

厄尔：还行吧。

爸爸：哦，你要出去抽烟。

厄尔：是啊。你也一起来吗？

爸爸凝神瞪了五秒钟，原因不明。

厄尔：算了。

爸爸：厄尔，你是否觉得人生中的痛苦是种……相对的概念：也就是说，每段人生都有一条各不相同的底线，一种均衡；一旦探到底线以下，就理应称之为受苦？

厄尔：我想是的。

爸爸：其中基本观点在于：甲之砒霜，乙之蜜糖。

厄尔：听上去不赖，盖恩斯先生。

爸爸：那就好。

厄尔：我去抽烟啦。

爸爸：祝你好运，小子。

爸爸与厄尔之间的互动八成围绕着这类场景，其余则是爸爸带厄尔去特色食品店或全食超市买些恶心到家的东西，然后一起吃。那场面实在诡异，我已经学会了与之保持距离。

我妈妈与厄尔的对话稍微正常一点。她素来爱告诉厄尔，他非常

“逗乐”，她还发现逼他戒烟没什么好处，因此只要我不吸，她就给厄尔开绿灯。至于厄尔嘛，即使在那些“怒火万丈”的日子，只要我妈妈在旁边，厄尔便会咽下满腔怒气，收敛发火时的那些招牌举动，比如飞快地跺脚、咆哮着哼哼，甚至不会威胁要踢别人的脑袋。

好啦，厄尔就是这么个人。也许我漏了些关于他的细节，稍后还需要进一步细讲。不过，到时候你也许早就把这本书扔进垃圾箱了，所以还是别担心了吧。

第十章 扮风流，竟成『疯』

chapter 10

去瑞秋家的路上，我才发觉自己刚刚犯了傻。傻到家了。

“你个蠢货，格雷格。”我想（可能也大声说出了口），“现在可好，她会以为你已经痴恋她整整五年了。”

真是个傻蛋。我可以在脑海中描绘那幅场景：我到瑞秋家摁响门铃，瑞秋会打开门，给我一个拥抱，她的鬈发飞扬飘舞，大大的牙齿蹭着我的面孔。随后我们不得不亲热一番，不然就谈一谈我们多么深爱对方。光是想到这种场景，我就冷汗直冒。

当然，她患了癌。如果她想聊聊死亡，那怎么办呢？那将是一场梦魇，对吧？因为我对死亡有些颇为极端的看法：我不相信有来世，人死之后什么事也不会发生，你的意识就此永远走到了尽头。我是不是必须撒谎？那可就太郁闷了，对吧？为了哄她，我是不是必须编一些关于来世的故事？故事里是不是必须出现那些让人浑身起鸡皮疙瘩、一丝不挂的小天使？

如果她想结婚，那怎么办？好让她在临死之前办场婚礼？我可万万没法拒绝，对不对？上帝啊，如果她想和我亲热，那又怎么办？我的“小弟弟”能打起精神吗？我敢说，遇到这种情形，我的“小弟弟”只怕没法威风起来。

这些问题在我的脑海中一一掠过，我拖着沉重的步伐来到瑞秋家门口，心中越来越绝望。谁知道，开门的却是丹妮丝。

“格——雷——格，”她娇滴滴地说，“见到你——真是——太好了。”

“彼此彼此，丹妮丝。”我说。

“格雷格，你真是逗得厉害。”

“结果害得十二个州对我下了禁令。”

“哈。”丹妮丝闻言笑出了声，紧接着又来一次，“哈。”

“我的屁股上还文着医疗卫生部门颁布的权威警告呢。”

“打住。别——说——了，哈哈哈哈哈哈。”——为什么这招在我倾心的女孩身上就不管用呢？为什么它就只对妈妈一辈和长相平平的女生奏效呢？每当面对妈妈一辈和长相平平的女生，我便可以火力全开。真不明白是为什么。

“瑞秋在楼上。你要一罐健怡可乐吗？”

“不用了，谢谢。”我指望着来记猛招收尾，于是补了一句，“咖啡因会让我更神憎鬼厌。”

“等一下。”

她的声调顷刻变了样，摇身又成了没好气、凶巴巴的库什纳太太："格雷格，谁说你神憎鬼厌？"

"哦。唔，有些人，你知道吧……"

"听着，你让他们通通滚蛋。"

"不，好吧。刚才我只是说……"

"嘿，没门。你听见我的话了吗？你告诉他们：通通滚蛋。"

"通通滚蛋，没错。"

"这个世界需要更多像你这样的人，一个也不能少。"

这下我倒是担心起来了。难道有人要除掉像我一样的人？如果真有人这么谋划，也许第一个倒霉的就是我。

"好哇。"

"瑞秋就在楼上。"

于是我上了楼。

跟我预料中的不一样，瑞秋的卧室既没有输液架，也没有心率监测仪。实际上，我本来以为她的卧室像间病房，里面有位全职护士出没，结果与此相反，瑞秋的卧室用两个词就可以概括：枕头、海报。她床上的枕头至少有十五个，墙上全是从海报和杂志上剪下来的图样。到处是休·杰克曼和丹尼尔·克雷格，尤其是他们的上身裸照。如果让我瞧瞧这间卧室，再猜是谁住在这儿，我的答案一定是：一个长了十五颗脑袋、对人类男性名流紧追不放的外星人。

不过屋里并不是外星人，而是瑞秋，正有点别扭地站在门旁边。

"瑞秋——"我说。

"嗨。"她说。

我们站在那儿，双双呆立不动。我们究竟该怎么跟对方打招呼？我伸出手臂向前迈进一步，作势要来个拥抱，但那副模样活像个僵尸。她吓得后退了一步。到了这份儿上，我不得不顺势演下去。

“我是‘爱抱抱僵尸魔’。”我踉跄着迈步向前。

“格雷格，我很怕僵尸。”

“‘爱抱抱僵尸魔’没什么好怕的，‘爱抱抱僵尸魔’不想吃你的脑子。”

“格雷格，别演了。”

“好吧。”

“你这是在干什么？”

“嗯，我准备跟你击拳打个招呼。”

我**确实**准备跟她击拳。

“免了，谢谢。”

简而言之：我先是像个僵尸一样踉跄着进了瑞秋的房间，把她吓得够呛，然后准备跟她击拳。世上只怕没有比格雷格·S. 盖恩斯更蹩脚的家伙了。

“我挺喜欢你的卧室。”

“谢谢。”

“有几个枕头？”

“我不知道。”

“要是我也有那么多枕头，那就好了。”

“你怎么不问你父母要几个？”

“他们不会开心的。”

我不知道自己为什么那么说。

“为什么？”

“嗯。”

“不过是枕头而已。”

“呃，他们会疑神疑鬼。”

“疑心你会一天到晚呼呼大睡？”

“不，嗯……他们可能认为我会和枕头亲热。”

要指出的是：以上对话百分百是脱口而出，一点也由不得我。

瑞秋沉默了。她张大了嘴，瞪大了眼睛。

她总算开了口：“真恶心。”但她也发出“呼哧呼哧”的笑声——这种声音我在希伯来语学校里听过，表明瑞秋马上就会捧腹大笑。

“都怪我爸妈。”我说，“他们确实挺恶心。”

“他们不肯给你枕头（笑），因为他们认定你会（笑）……因为他们认定你会和枕头亲热（笑个没完没了）。”

“没错，他们真是挺看扁我的。”

这下瑞秋简直连话也说不出来了，她已经完全无法自拔。她“呼哧呼哧”笑得如此厉害，我不禁担心她一不小心伤到五脏六腑。不过话说回来，每逢瑞秋笑得忘形，有件颇有意思的事就是瞧瞧她能笑多久。

- “我的意思是，也要怪我父母啊，谁让他们弄些如此性感的枕头呢？”

- “我家曾经有个枕头不得不一把火烧掉，因为那个枕头实在让我春心荡漾。”

- “那是最性感的一个枕头，我简直，嗯，我简直一心盼着整夜跟它做爱直到天亮。”

•“我曾经给那个枕头起了一堆无比香艳的名字。我会说：你这个狐狸精枕头，你真是个下流的骚货，求你别再玩弄我的感情了。”

•“那只枕头芳名叫作弗兰西斯卡。”

•“有一天，我放学回家，结果撞见这只枕头正在跟对街的一张桌子口交，而且……好吧，好吧，我就此打住。”

瑞秋求我别说了，于是我闭上嘴，好让她冷静冷静。我已经不记得她会笑得多么忘形了。过了一会儿，她才喘过气来。

“噢……呜哦……哎哟……呜。”

格雷格·S. 盖恩斯“把妹”三步法：

1. 扮成僵尸一蹦一跳进女生闺房。

2. 跟对方击拳。

3. 明里暗里承认自己常年借枕头自慰。

“我是不是必须让你离我的枕头远点？”她问道，边笑边不自觉地一阵阵呼哧呼哧喘气。

“用不着。你开玩笑吧？你家这些枕头明明全是男生嘛。”

一句话：她笑得惊天动地。然而问题在于，把人逗得哈哈大乐之后，收场可不那么容易。哄堂大笑迟早会变成鸦雀无声。那时你要出什么招呢？

“我猜，你还真是很爱电影呢。”

“还行。”

“我的意思是，你的卧室里贴满了明星照。”

“哈？”

“休·杰克曼、休·杰克曼、丹尼尔·克雷格，又是休·杰克曼、瑞安·雷诺兹，又是丹尼尔·克雷格、布拉德·皮特。”

“跟电影没什么关系。”

“唔。”

瑞秋坐在书桌旁，我则坐在她的床上——她的床软得不得了。我简直一屁股陷了进去，让人很不舒服。

“我喜欢电影，”瑞秋的语调中带着歉意，“不过如果有休·杰克曼出场，电影精彩不精彩又有什么关系呢？”

正在那时，我收到了厄尔发来的一条短信——十分幸运，然而又十分不幸。

“你爸开车带我去全食超市，如果你要捎些重口味的福来喜腌菜给狐狸精加料，就吭一声。”

说我“走运”，是因为这条短信从电影上引开了话题：要跟瑞秋谈电影，就很难不提起我拍片拍得怎么样了——显而易见，我可不愿意提起拍片的事。说“不走运”，则是因为这条短信害得我笑得死去活来，结果瑞秋问出了什么事。

“谁发的短信？”

“嗯，是厄尔发的。”

“噢。”

“你认识厄尔吗？跟我们念同一所中学的厄尔·杰克逊？”

“不认识。”

他妈的，究竟怎么介绍厄尔才好?

“嗯，有时厄尔跟我会互发恶心兮兮的短信。”

“哦。”

“我们的交情几乎仅限于此。”

“刚才收到的短信说了些什么？”

我本来想把短信给她看，接着就改了主意：那不是自找麻烦吗?

“不能给你看，短信太恶心了。”

这句话纯属败招——如果对方够烦人，那她一定会说，“格雷格，这下我非看不可了。”面对现实吧：大多数女孩都很烦人。我的意思是，大多数人都很烦人，不单单限于女孩。再说，其实我的意思并不是“烦人”，我想说的是，大多数人都喜欢跟人对着干。

但瑞秋有个长处：她不会时时刻刻偏要跟人对着干。

“不要紧，那你不必给我看了。”

“你看了一定不开心。”

“用不着给我看。”

“你只要知道一点就好：刚才那条跟食物有关，也跟做爱有关。”

“格雷格，你为什么要告诉我这种事情？”

“这样一来，你心里就有个底——厄尔的短信你确实不想知道嘛。”

“厄尔为什么又提食物，又提口交？”

“因为他是个变态。”

“噢。”

“他疯得没治。如果你往他的脑子里瞥上哪怕一秒钟，说不定就会害得你瞎眼。”

“听上去，他像是个相当怪的损友嘛。”

“没错。”

“那你们怎么会打成一片的？”

看似如此无伤大雅的问题，我竟然找不到办法回答。

“我的意思是，我不也挺怪吗？”

瑞秋又呼哧呼哧笑开了。

“枕头那件事确实很怪。”

厄尔和我都很“怪”，或许这正是我们结交的原因。但也有可能，我理应向你解释得更清楚一些。

再说了，“怪”到底是什么意思？我刚刚把“怪”这个词写了五遍，顷刻瞪大眼睛紧盯着它，浑然不解其中滋味了。我刚刚亲手害死了“怪”这个字，这下可好，它成了一串字母，满纸都是“怪”字的尸体。

我快要抓狂了，必须去弄点零食或者剩饭剩菜吃吃。

好，我又回来了。

不过，我们还是另起一章吧。这章不知道为什么一塌糊涂，我对再写下去会闯出什么祸来心里没底。

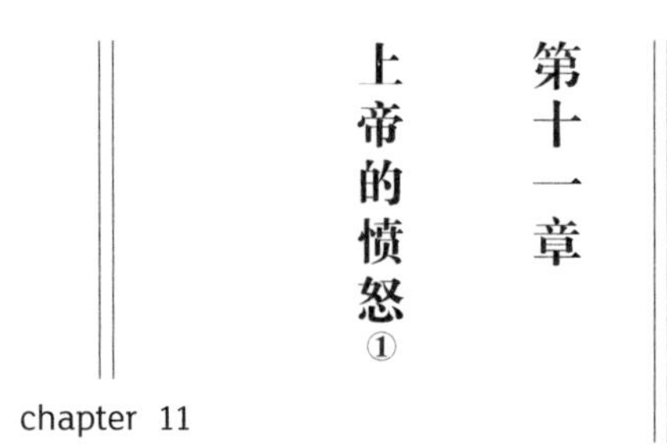

第十一章 上帝的愤怒①

chapter 11

显而易见，厄尔与我来自不同的世界。当初我们居然一拍即合，简直离谱到家——在某种程度上，我们的友谊根本没有半点道理。依我看，我还是讲讲来龙去脉，让诸位自己下结论，然后我们再雄赳赳地回归“癌之天地”吧。

作为一款桌游，“癌之天地”的人气一定远远赶不上“糖果天地”。

某些评论人士会得出结论：我与厄尔的友谊是匹兹堡公立学校体制

---

① 本章标题引申自影片《阿基尔，上帝的愤怒》。《阿基尔，上帝的愤怒》，又译《阿基尔，上帝之怒》《天谴》《三侠屠龙》《阿基里，神谴》。是一部1972年德国独立电影，由沃纳·赫尔佐格编剧及导演，克劳斯·金斯基主演，被《时代周刊》选入“有史以来最优秀的100部电影”，其视觉风格和叙事手法强烈影响了弗朗西斯·科波拉1979年的电影《现代启示录》。

的一场胜利。但我要说，它是见证了电玩游戏的魅力。我妈妈一向不许在家玩电玩，除非是益智类，比如《数学星际战士》[①]。与其说那款游戏教了我们多少数学知识，还不如说让我们领教到一件事：电玩烂透了。然而，我与厄尔的初遇证明，电玩无疑精彩爆棚。

那是念幼儿园的第二周或第三周。在此之前，我跟幼儿园里的其他孩子都井水不犯河水——这正是我的主要目标，因为幼儿园里的其他学生要么显得恶狠狠，要么显得很没劲，或者又没劲又恶狠狠。但是有一天，斯泽比亚克小姐让我们分组坐，装饰纸盒子。我们那组有我、厄尔，其他两个女孩的名字我不记得了。女孩子们一心想把盒子贴满光彩夺目的饰物，但厄尔和我意识到那将会惨不忍睹。

"我们做支枪吧。"厄尔说。

我觉得这个主意棒极了。

"《黄金眼》里的那种激光枪。"[②]厄尔说。

我压根不知道《黄金眼》里的"激光枪"是个什么东西。

"在任天堂 64（N64）[③]上玩的《黄金眼》游戏啊，"厄尔解释道，"我哥哥有一台 N64，只要我想玩，他们随时让我玩。"

---

① 一款游戏。

② 此处指的是《黄金眼 007》，是一款由 Rare 开发，根据 1995 年"詹姆斯·邦德系列"电影《黄金眼》改编的第一人称射击游戏。游戏于 1997 年 8 月在任天堂 64 游戏机平台上发布。在游戏的单人模式中，玩家扮演英国秘密情报局特工詹姆斯·邦德，他为阻止黑社会性质的犯罪组织，使用反卫星武器对抗伦敦而战斗。该游戏还包括一个分屏多人游戏模式，两个、三个或四个玩家可以参加死斗游戏的不同类型。

③ 任天堂 64（Nintendo 64，简称 N64），是日本任天堂公司开发的第三代家用电视游戏机，于 1996 年 6 月 23 日在日本面世。

“我家电脑上可以玩《数学星际战士》。”我说。

“从来没听过什么《数学星际战士》。”厄尔鄙夷地说。

“你必须做数学题，然后可以对乱七八糟的东西开火。”我说。话一出口，我就发觉听上去多么差劲，于是赶紧闭上了嘴。我盼着厄尔别听到，但他显然听得很清楚。他望了望我，眼神中交织着同情与嘲笑。

“玩《黄金眼》才用不着做数学题呢，还可以开火射人。”厄尔得意扬扬地说——真是一锤定音。女孩们一边尽职尽责地把盒子打扮得闪闪发光，一边聊着小精灵和家务之类，厄尔和我却坐在桌子的另一头，厄尔跟我讲了整整三遍《黄金眼》的情节。没过多久，我们便达成了一致：放学后我要去厄尔家。机缘巧合，那天到校来接我的是老爸，他觉得让自家小孩跟一个素不相识的孩子到霍姆伍德区没什么不妥。还得加一句，那个陌生孩子的两个兄弟都是狠角色，其中一个一再嚷嚷着要开枪让所有人吃子弹呢。

厄尔至少在一件事上撒了谎：事实上，他的兄弟们才不会让厄尔随时随地玩 N64。到了杰克逊家以后，老大德温宣布，要先等他在游戏上过一关，才能轮到我们。

于是我们坐到地板上，掩映在屏幕的光影中——那真是我经历过的最美妙的时刻。我们见证了一位绝顶高手。德温操纵着一辆坦克碾过圣彼得堡的大街小巷，荡平条条所经之路，我们则如痴如醉地观战。当德温宣布他还要再过一关时，我们压根没有大惊小怪。他在一艘战舰上潜行，悄无声息间便结果了数十条性命，我们佩服得五体投地。

“现在你们可以跟我打。”德温说着切换到多人模式。我拿起一个控制器。用上所有手指也摁不过来控制器上的按键和旋钮，所以试着把一只脚用上，可惜也不管用。厄尔竭力向我解释怎么用控制器，但立刻就甩手不管了。显然他自己也不是什么行家。有那么二十分钟，我们沿着西伯利亚一个冰雪漫天的导弹基地转悠，胡乱朝林间扔手榴弹，还被迎面的墙壁困住——因为我们不知道如何转身，结果被德温杀了个落花流水。德温每次都重挑一种厉害武器：突击步枪、霰弹枪、激光手枪。厄尔的另一个哥哥德里克则压根没有理睬我和厄尔，只顾独自对抗魔头，苦苦挣扎没有半点用处。德温一边毫不客气地嘲弄我们，一边不歇气地用我们的鲜血染红了片片苔原。

“你们两个蠢货逊到家了。”最后德温说，“赶紧给我滚出去。”

一段友谊就此萌芽。毋庸置疑，厄尔是领头的，我是跟班。即使不玩电玩的时候，我依然对他言听计从，因为他比我善于处世得多。比如，他知道烈酒搁在他家厨房的哪个地方。我本来担心我们必须尝几口，幸好并非如此。“酒精害得我头痛得要命。”后来他解释道。

当时，杰克逊家还不算太胡来。厄尔的继父还住在那儿，厄尔同母异父的弟弟还是学步幼童，厄尔的妈妈还没有把自己关进三楼闭门不出，而我亲眼见证了杰克逊家如何衰败。那不是我想讲的故事，因此我就不一一道来了。总而言之，厄尔的继父先是搬出了家门，然后进了监狱。厄尔的妈妈又有了几任男友，接着开始酗酒，等到年纪最小的那个同母异父弟弟上幼儿园时，她几乎已经万念俱灰，开始全天候在网络聊天室里转悠了。当初我倒是目睹了点点滴滴，只不过要等到事后回想，才咀嚼出几分滋味。直到如今，我也没能彻底弄清楚杰克逊家的衰败史，那地方对我来说太难捉摸了。

不管怎样，随着厄尔家的情形每况愈下，我们在杰克逊家待的时间越来越少，最后我俩开始去我家玩了。可惜的是，我们不知道我家有什么好玩的。我们试过桌游，不过那没劲至极；我们玩起了特种部队玩具兵，但那跟电玩不可同日而语。我们简直觉得自己快疯了。我们端着水枪追着猫咪斯蒂文斯满屋跑，等到打翻一些家什以后，老爸便不肯让我们再东奔西跑了。一个星期天的下午，我们在绝望中把整栋屋翻了个底朝天，想要搜出家里能跟电玩比肩的宝贝，正是这样，厄尔发现了我爸爸收藏的 DVD。

不知何故，我对爸爸收藏的 DVD 一向没什么兴趣。唯一让我动心的只有动画片和老幼皆宜的 G 级片，其他跟动画不沾边的电影总让我觉得是给成年人看的。基本上，我把它们通通归类为“没劲”的电影；如果我自己一个人看的话，那些片也许确实会没劲得要命。

厄尔发现了我爸爸收藏的 DVD，开始大呼小叫，把眼睛睁得跟铜铃一样大，说道：“没错，掘到宝了。”我听完仿佛脑海里灵光一闪，那些片在我眼里彻底变了个样。

有部片尤其让厄尔激动——《阿基尔，上帝的愤怒》。“瞧瞧这疯狂的家伙。”他指着克劳斯·金斯基喊道。DVD 的封面上，克劳斯·金斯基戴着一顶维京人的头盔，看上去活像个疯子。

于是，在爸爸的恩准下，我们把片子放进 DVD 机看了起来。

那将成为我与厄尔人生中开天辟地的重要时刻。

那部片精彩绝伦。它让人一头雾水，让人后背发凉，却又精彩绝伦。每次一出现字幕，我们都不得不暂停，有好几次只好跑出去让爸爸帮忙解释，最后爸爸干脆进屋跟我们一起看电影，而它依然精彩绝伦。

我爸爸在场其实帮了不少忙。他不仅大声念字幕，还回答我们关于情节的问题——我们的问题可不少，因为那部片里的所有人都很癫狂。

再重申一次，那部片精彩绝伦。我和厄尔从未有过这种经历。它有趣至极，又可怕至极。片中有许多人丧命，但他们的死法跟电玩中不尽相同——电影中的人死得更慢、更血腥，但又没有那么司空见惯。在《黄金眼》中，你会见到角色中了枪，接着朝后一仰，瘫倒在地；但在影片中，你会突然发现一具尸首。这种毫无规律可循的死法深深打动了我们。每次有人咽气，我们便大喊一声“哎哟，不是吧”。片中的峰回路转令人难以置信。影片前半个小时里，克劳斯·金斯基一直很正常，没对任何一个人下毒手；即使等到开始杀人以后，他的模样也显得没什么大不了的，根本猜不出他什么时候会再发狂。他有一副疯癫的心思，捉摸不透，难以预知，让我们一头栽了进去。

我们爱死了那部电影。我们爱它进度缓慢，爱它没完没了（实际上，我们希望它永远不会走到剧终），爱片中的丛林、木筏、荒唐可笑的盔甲和头盔，也爱它有点像是一部自拍影片，片中的一切仿佛都是真事，只不过木筏上的某人碰巧有台摄像机。我觉得，最重要的一点是：我们爱死了那部片，因为里面没一个人有好下场。自始至终，我们都盼着某人能逃过大劫，因为故事的套路便是如此：即使一切是一场彻头彻尾的灾难，终归有人会逃过大劫，活下来将故事流传下去。《阿基尔，上帝的愤怒》可不是这么回事。差得远呢，片中的人物一个不剩全都死翘翘了，真厉害。

除此之外，我在那部片中生平第一次见到了胸部，尽管跟我预想中胸部的模样不太像。片中的胸部看上去活像奶牛乳房，其中一只还比另一只大一些。（上文已经提过，我在性方面迟迟不开窍，回想起来，片中的乳房也许正是罪魁祸首。话又说回来，我至少不会对女生说：“你那对‘咪咪’最妙的一点是左右两个一样大。”）

后来我们问了爸爸不少问题，不知怎么回事，又谈起了那部片的拍摄过程。拍《阿基尔，上帝的愤怒》的过程显然是场彻头彻尾的灾难。有人病倒，整个剧组被困在丛林里好几个月，工作人员里面也许还死了几个人（我爸爸说不准）。最妙的是，主演克劳斯·金斯基本人在现实生活中跟在片中一样火爆。他确实对剧组成员开过枪，因为人家吵得厉害，而金斯基当时正想集中心思，于是他**端着一支枪对着剧组里的同伴开火，打中了某人的手**。如果读到这儿，你还没有扔下这本书去找那部电影开开眼界，那我真不知道你是搭错了哪根弦。也许你的脑子也遭了真菌的毒手。

还用说吗？我们必须再看一遍。爸爸不打算再看一次，但我们觉得第二遍会更加让人回味无穷。我们模仿着片中的德国口音，尤其是金斯基的口音（他讲话的模样仿佛有人正掐住他的脖子）；我们学起了金斯基踉踉跄跄、跟醉鬼一样的步伐；我们在家里随处找个地方，一躺好几个小时装死，直到格蕾琴发现了我们，吓得神魂出窍，情不自禁地哭了起来。

总之，我们认定那是有史以来最伟大的电影。到了周末，我们请了一帮同学来一起分享。

他们恨死它了。

他们连影片前二十分钟也没能熬过去，说它“慢得要命”，又说看不懂字幕，而我们也没办法为他们大声念对白。他们声称，皮萨罗在影片开头的一番话又臭又长，情节在他们看来也蠢得很。影片一开头就已经点出，阿基尔和其他所有人所寻找的城市并不存在。他们不明白，这正是关键所在；他们不明白，正因为整件事毫无意义、无比荒谬，所以才棒得要命。与此相反，那帮同学一直觉得那部片很扯。

总之那是一场梦魇，但也并非毫无用处。它让我和厄尔意识到我们一直心知肚明的一件事：我们跟其他孩子不一样。我们的兴趣不同，关注点也不同，难以解释清楚。实际上，我与厄尔也没有多少共同之处，但我们是匹兹堡唯一一对为《阿基尔，上帝的愤怒》倾倒的十岁少年，而这一点颇有意义。其实吧，应该说是意义非凡。

“年轻的虚无主义者呀。”爸爸送了我们一个名号。

“什么叫虚无主义者？”

“虚无主义者认为，万事万物皆无任何意义。他们什么也不相信。”

“没错，”厄尔说，“我确实是个虚无主义者。”

“我也是。”我说。

“好样的。”爸爸说着咧嘴笑了。随后他收起了笑意，说道：“别告诉你妈妈。”

以上便是我与厄尔友谊中的一些片段，下文可能会有所涉及，不过谁又说得准？真是难以置信，你居然还在读这本书。你真该扇自己几巴掌，那跟这本蠢书才是天造地设的一对。

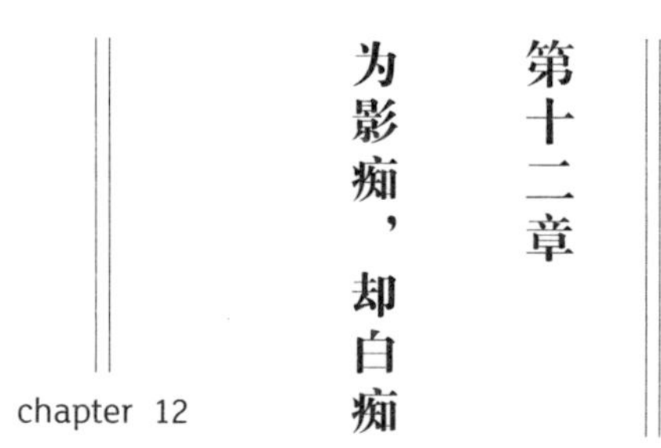

第十二章 为影痴，却白痴

chapter 12

我发现：要讨别人的欢心，最简单的办法就是闭上嘴，让他们讲。无人不爱聊自己，绝不仅限于日子过得风生水起的人。以本森高中最柴火杆、最招人嫌的学生为例吧，也就是“瘾君子”杰瑞德·柯兰库维奇。据我所知，其实杰瑞德从来没有嗑过药，但他偏偏四处晃悠，两只胳膊尴尬地吊在身后，活像一只鸡崽，一张嘴从没有合拢过，牙箍里不时还嵌着菜渣。他的身上有股泡菜味，父母都是“yinzers”[①]。你还以为他不乐意聊自己过的日子呢，可惜你错了，某天我在巴士上发现了真相。例如，我了解到，杰瑞德的狗可以断定本·罗斯利斯伯格[②]什么时

① 含义见下文。

② 本·罗斯利斯伯格，即本杰明·陶德·罗斯利斯伯格（1982— ），是一名美式橄榄球四分卫，目前效力于匹兹堡钢人队。

候会被人抱摔，而他（指的是杰瑞德，不是他的狗，也不是本·罗斯利斯伯格）正打算学吉他。

如果你不是匹兹堡本地人，那我恐怕要解释一下："yinzers"指的是匹兹堡口音很重的人。举例来说，他们不说"你们"，说的是"恁们"。他们的另一个特点是一天到晚穿匹兹堡钢人队队服，包括在职场中以及和人举行婚礼时。

这么说吧，我并不认为倾听是为了发现什么趣事。倾听不过是为了扮和气，以便讨人欢心，因为是个人就爱夸夸其谈。

可惜，以上理论在瑞秋身上并不适用。有时候，我去她家时下定决心要闭上嘴，让她开讲，结果去了没多久，我就比嗑了药的家伙还要滔滔不绝。

内景　瑞秋的卧室 — 白天

格雷格第二次或第三次去瑞秋家。两人双双盘腿坐在地板上。

格雷格：嗯，你喜欢看哪些电视节目?

瑞秋：嗯，电视台播什么，我就看什么。

格雷格（为瑞秋平静却言之无物的回答感到气馁）：比如自然节目? 真人秀? 还是什么都行?

瑞秋：是啊，差不多。

格雷格：总不会看美食频道吧?

瑞秋耸耸肩膀。

格雷格：我对美食频道有个心结，好吧，有一半时间，这家频道的美食显得很恶心，或者很诡异。食物上浇着奇怪的酱汁，看上去跟精液一样，不然就是盛在山羊蹄上的乌贼。另一半时间，如果频道上的食物果真显得很美味，大家尝得兴致勃勃，模样活像在说“唔，好吃极了”——那简直更糟！因为你吃不到。你只能眼巴巴地望着人家大快朵颐，却连那是什么滋味也弄不明白，真让你恨不得自我了断。不过大多数时候，那些食物看上去并没有多诱人。

瑞秋（圆滑地）：有人觉得美食频道不错啊。

格雷格：好吧，但还有一点。美食频道上总有各种美食比赛。美食可不是一项运动。厨师们争来争去也太扯了吧，比如《料理铁厨》[①]就总是设在“厨房竞技场”里。厨房竞技场？荒唐到家了。节目最后还总来那套——“选手光明正大地参赛”。选手有法子在比赛中耍滑头吗？拜托，你是在炖汤啊。

瑞秋（咯咯笑）：嗯。

格雷格：我的意思是，如果美食频道有本事把下厨变成一种运动，那何不干脆更狠一点？知道吧？“《铁人水管工》，今晚于‘厕所竞技场’亮相。”不，不，等一下？等一下，前面那条不算，重来。“来自‘厕所中心’的现场直击：勇夺‘超级屎王’宝座。”

四小时后，格雷格与瑞秋还待在原处。

格雷格：……我就是觉得，大家把动物放在家里养，实在诡异得很，诡异至极。

瑞秋：我该去吃晚饭啦。

格雷格（警觉地）：等一下，现在几点了？

① 一款烹饪电视节目。

瑞秋：八点左右。

格雷格：要命啊。

瑞秋不爱声张，其实不乏厉害之处。

1．瑞秋正以其人之道，还治其人之身。

好样的。真是颇得柔道的精髓。我们两人的对话被她玩弄于股掌之间，好让我主“说”，她主“听”。毫无疑问，这招让我心甘情愿地陪她——刚才我就跟你说过，这套策略有奇效嘛。除此之外，她在倾听方面堪称高手。我的意思是，如果处在她那种境地，我只怕会觉得非常恼火，非常没劲。“超级屎王”，格雷格，没搞错吧?

2．瑞秋并未提议跟我亲热，或者让我娶她。

尽管我已经告诉她，我对她一片痴心，她却并没有想方设法挽回逝去的时光。如果她真那么办，也许会害得我崩溃，装作心智严重失常的样子——我不时琢磨着用这招来脱身，举例来说，如果运动健将们在更衣室里突袭我的话。在电视上，运动员常爱骚扰心智失常的孩子，但在现实生活中，我发现几乎每个人都巴不得躲着他们。不管怎么说，我本来很担心不得不对瑞秋使出这招，谢天谢地，其实没这回事。

3．瑞秋诱使我滔滔不绝，终有一天，我会中她的计，不小心说出机密信息，输得一败涂地。

我是太多嘴了吗?也许我真的说得太多了。

内景　瑞秋的卧室 — 白天

格雷格第三次或第四次去瑞秋家。

格雷格注意到一张相片中的休·杰克曼眼睛有点斜视，其中一只眼珠正滴溜溜跟随他的身影到处转。瑞秋住了嘴。

格雷格（心不在焉地）：什么？

瑞秋：没说什么紧要的事。

格雷格：不好意思，休·杰克曼让人毛骨悚然的右眼正跟着我到处转呢。

瑞秋：他才不会让人毛骨悚然！

格雷格：刚才我们在聊什么？

瑞秋：希伯来语学校。

格雷格：没错。真是浪费光阴。

瑞秋：你这么觉得？

格雷格：反正我一无所获。说真的，关于犹太，我啥也说不出来。我确实是个如假包换的犹太人，不过"犹太"这门课我一定不及格。

瑞秋：我想，应该说是"犹太教"吧。

格雷格：瞧，说的就是这事，我甚至连名称都没有弄清楚。我也压根不清楚犹太人的信仰。比方说，犹太人相信天堂吗？我们应该相信天堂吗？

瑞秋：我不知道。

格雷格：嗯。世上有犹太天堂吗？犹太人死翘翘以后会怎么样？对吧？

休·杰克曼瞪大眼睛紧盯着格雷格。

格雷格：唔，该死。

瑞秋：怎么啦？

格雷格（心急火燎地）：嗯，没什么。对不起，我是个蠢货。

瑞秋：怎么这么说？

格雷格：唔。（傻到家了）提起“死翘翘”的事。

瑞秋：格雷格，谁说我快死翘翘啦。

格雷格（撒谎道）：没错，我知道。

瑞秋（眯起眼睛）：我生病了，但谁能不生病呢？单单生场病，不代表你马上就要死翘翘。

格雷格（虚伪地）：说得对，真对，对，对，对。

瑞秋：你觉得我快死了。

格雷格（撒了个弥天大谎）：不！怎么……会！

瑞秋（警觉地）：哼。

内景　瑞秋的卧室－白天

格雷格第四次或第五次去瑞秋家。

格雷格坐在床上，背对着休·杰克曼，尽管这种坐姿意味着他必须面朝身穿泳装的丹尼尔·克雷格，而丹尼尔·克雷格脸上正绽开灿烂的傻笑。

丹尼尔·克雷格：你能一眼看出我的生殖器轮廓！难道不是妙事一桩？

瑞秋（哧哧笑）：丹尼尔·克雷格讲话才不是这样的呢。

格雷格：我得先热热身。我还没有进入“扮口音”模式。

瑞秋：听上去倒有牛仔口音。

格雷格：没错，我的嘴巴没用对地方。口音的诀窍全在于嘴技，因此其他国家的人有时候嘴有点噘。比如丹尼尔·克雷格就有微翘的嘴唇，跟女人差不多，诡异得很。

瑞秋：他才没有。

格雷格：你自己瞧瞧他！瞧瞧他是如何嘟嘴的。其实吧，他看上去有点像青蛙。（天马行空起来，因为瑞秋正满怀期待 / 一声不吭）。我恰好对口音了如指掌，尽管我学不了。我研究过口音，我的意思是，毕竟我看过那么多片嘛。如果你看的片够老，能感受到的最酷的一点就是口音在数十年间的变化，从八十年前到四十年前，又从四十年前到当今。我觉得，那时人嘴的形状都跟现在不一样。

有时候，我恨不得扮一口 20 世纪 50 年代的美国口音四处转悠，因为在某种程度上，那是最怪的一种口音。真的能把人结结实实吓一大跳。一旦人们听到那口音，他们不会认为“是 20 世纪 50 年代的口音”，他们会觉得，那家伙听上去又怪又板又不开窍，像个该死的机器人，而且他们还说不清其中的缘故。

我的意思是，我必须先看一摞当年的老片，才会意识到当初人们讲话的方式跟现在不一样。

瑞秋：你还真有点电影行家的派头。

格雷格 ：我才不是什么行家，我只是看过不少片。

瑞秋：你最爱的是哪部？

内景　盖恩斯家影音室－两小时后

屏幕上是克劳斯·金斯基，沙发上是瑞秋与格雷格，格雷格的腿上是一碗他从冰箱里翻出来的吃剩的牛排。

格雷格：注意看摄像机移动的方式，是不是有点抖，好像镜头是手持摄像机拍出来的？好。你明白它是如何制造影片的真实感了吗？你明白我的意思吗？

瑞秋：是，我想我明白。

格雷格：厉害极了，对吧？观众有这种感觉，因为片子有点类似纪录片，因为纪录片的摄影就是这种手法，许多镜头是手持摄影，没有动作大片里那种恢宏的升降镜头[①]。

瑞秋：感觉有点像电视真人秀。

格雷格：说得对！跟电视真人秀差不多。好吧，只不过真人秀里的灯光总是非常不自然，而且剧组也没有办法在丛林里使用多少人造光。实际上，除了反光板，他们可能一无所有。

瑞秋：反光板是什么东西？

格雷格（嚼起了牛肉）：唔……反光板是……等一下，这幕太棒了。

瑞秋：你为什么不试着拍几部片呢？

老妈（在门口说道）：他拍片了！他只是不让任何人看。

格雷格：该死，妈妈，你到底在捣什么鬼？

妈妈：哦，亲爱的。你是不是没有招待瑞秋吃东西？

格雷格：我的天哪，妈妈。

---

① 通常利用升降机拍摄。

瑞秋：我不饿!

格雷格（火冒三丈地）：妈妈，我的天哪，你竟然在门口偷窥我们，而且你……

妈妈：我只是路过，我听见瑞秋……

格雷格：你竟然把非常隐私的事情随口，嗯……

瑞秋：嗯……

妈妈：格雷格，你有点犯傻哦。

格雷格：告诉别人。

阿基尔：我若盼飞鸟从林间折翼陨落，飞鸟便如愿陨落。

妈妈：你跟厄尔辛辛苦苦地拍这些片，然后……

瑞秋：不要紧，不用给我看。

格雷格：听到了吗？你听到了吗？

妈妈：居然偷偷藏着掖着，好像你不愿意。

格雷格：你……妈妈。你听到刚才瑞秋说什么了吗？

妈妈：人家瑞秋只是客气而已。格雷格，你的下巴上有汁水哦。

格雷格：拜托你别待在这儿行吗？

妈妈带着诡谲的笑容离开了，仿佛她刚刚施展了一记妙招，仿佛她并不是个骇人听闻的老妈。与此同时，格雷格又嚼起了牛排，因为一紧张他便会忍不住大吃特吃。

瑞秋：嗯，我们把片子倒回去吧。我们错过了非常重要的一段，我觉得。

格雷格：没错，简直是最棒的一段。

瑞秋（沉默了好一会儿）：如果你希望对你的片子保密，那我不会告诉任何人。你可以相信我。

格雷格（沮丧地）：也不是说要保密，只不过那些片不够好，没办法见光。一旦拍出一部真正的佳作，我们会公之于众的。

瑞秋：这还差不多。

格雷格：什么?

瑞秋：我理解。

格雷格：哦。

他们望着彼此的眼睛。

如果本书是一则催人泪下的爱情故事，那么在这一刻，某种陌生的感觉将会涌上格雷格的心头：一种被人读懂的感觉——他可几乎从未被人读懂过。随后，格雷格与瑞秋会像害了相思病的獾一样，耳鬓厮磨起来。

然而本书并非一则催人泪下的爱情故事。格雷格的心中并未涌上某种陌生的感觉，谁也没有跟害了相思病的獾一样搂搂抱抱。

相反，格雷格不太自在地换了个坐姿，移开了眼神。

瑞秋：要我给你取张餐巾纸吗?

格雷格：不不，我自己去拿。

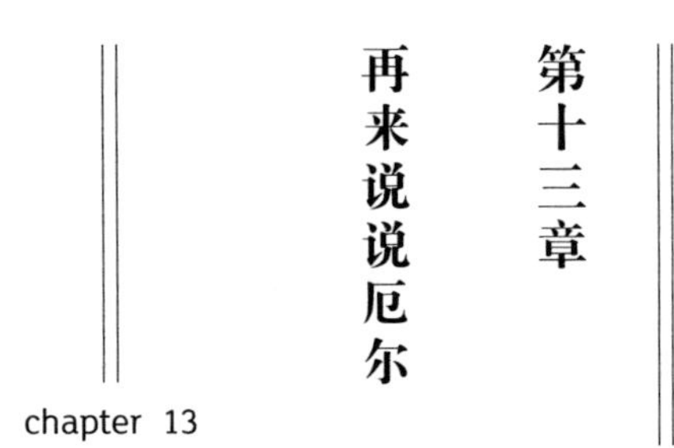

不用说，厄尔和我翻拍的第一部片正是《阿基尔，上帝的愤怒》。怎么可能是其他片嘛。当时我们十一岁，那部片我们看过大约三十次，到了能背出所有对白，甚至能背出部分德语台词的地步。有时在课上，当老师问我们问题，我们会把电影中的桥段拿出来演。厄尔尤其喜欢这招，如果他不知道问题答案的话。

内景　沃茨尼斯基太太教的五年级课－白天

沃茨尼斯基太太：厄尔，你能说出地球分为哪几层吗?

厄尔的眼珠快掉下来了。他费力地呼哧呼哧地喘着气。

沃茨尼斯基太太：我们从最里层说起吧。什么是……

厄尔：Ich bin der groBe Verräter.

（字幕：我是伟大的叛逆者）

沃茨尼斯基太太：唔。

厄尔：Die Erde über die ich gehe sieht mich und bebt.

（字幕：我行于大地之上，大地见我，颤抖不已。）

沃茨尼斯基太太：厄尔，你能跟全班讲讲你是什么意思吗?

厄尔（瞪眼凝视全班同学）：呃。

沃茨尼斯基太太：厄尔。

厄尔（站起身，手指着沃茨尼斯基太太，对着大家开口说道）Der Mann ist einen Kopf gröBer als ich。DAS KANN SICH ÄNDERN.

（字幕：那人比我高出一个头。**此事并非定局**。）

沃茨尼斯基太太：厄尔，请坐到走廊去。

后来有一天，为了录他自己的讲座，我爸买了一台摄像机和一些电脑专用编辑软件。我们不知道详情，我们只知道详情很无聊。除此之外，我们还知道一件事：摄像技术走进我们的生活，是有理由的——我们必须翻拍《阿基尔，上帝的愤怒》中的每个镜头。

我们本以为一下午绰绰有余，谁知道“翻拍”整整花了三个月，而且上文的“翻拍”一词指的是“翻拍影片前十分钟，然后甩手不干”。正如一脚踏进南美丛林的沃尔纳·赫尔佐格，我们面临着几乎难以想象的各种艰辛与挫折：我们一次次不小心洗掉录好的镜头，一次次忘了摁下录像钮，或者摄像机一次又一次没电。我们也弄不清楚如何操作照明和录音。事实证明，部分演员（多数情况下是格蕾琴）要么无法念好台词，要么不时出戏或者挖鼻孔。与此同时，我们的演员班底通常只有三个人——如果必须有人扛摄像机的话，演员就只有两名。拍摄地点设在弗里克公园里，跑步和遛狗的人不仅时不时闯进镜头，还会跟我们搭话，结果害得事情更加不可收拾。

问：你们是在拍电影吗？

答：谁说的。我们明明是在筹办一家中等价位的意大利餐厅。

问：哈？

答：逗你玩呢。我们当然是在拍电影。

问：是部什么电影？

答：是一部讲述人类多么愚蠢的纪录片。

问：能让我出镜吗？

答：如果不让你出镜，那我们不是犯傻吗？

除此之外，片中的道具与服装简直难以复制。厄尔在头上顶了一口锅，显得极为荒唐——我们也找不到看上去跟大炮或利剑相仿的道具。老妈不许把家什带到公园去，但我们并没有乖乖地听话，结果被罚一个星期禁用摄像机。

整个拍摄过程也蠢到家了。我们先是奔赴树林，却根本记不起自己在拍哪个场景；如果记得要拍的场景，我们又偏偏记不起台词，记不起所用的拍摄手法，或者记不起角色如何走位。我们会尽力依葫芦画瓢拍一会儿，只可惜一番辛苦都付之东流。接着我们回家准备写写计划，最终却又一头扎进了吃午餐或看片一类的杂事。等到把拍摄的内容传到电脑上，我们总能发现漏拍的地方，拍出来的场景看上去也不堪入目：灯光一团糟啦，对话听不清啦，镜头抖得厉害啦。

就这样鼓捣了好几个月，我们终于意识到自己的进度多么拖沓。拍出总共长达十分钟的镜头后，我们甩手不干了。

紧接着，我爸妈非要见识一下我们拍出的电影。

那堪称一场噩梦。整整十分钟，厄尔和我毛骨悚然地盯着屏幕：屏幕上，我们手中挥舞着纸卷芯与水枪走来走去，嘴里嘟囔着装模作样的德语，完全不理睬身边乐呵呵的跑步者、拖家带口的人、牵比格犬的老头和老太太。我们早已心知片子惨不忍睹，但不知道为什么，一旦经老爸老妈亲眼见证，那部片似乎又糟了十倍。放映途中，一些过去漏掉的蹩脚的地方也被我们找了出来，举例来说，片子没有过硬的情节；我们忘了配乐；镜头里常常空无一物；格蕾琴活像只宠物一样紧盯着摄像机；厄尔显然没有记住台词，而我的脸上**永远永远永远**挂着好似智障一样的表情。最糟糕的是，我爸妈都装出一副**爱死了那部片**的模样。他们不停地夸奖片子多么骄人，我们的表演多么精彩，他们对我们的成就又是多么难以置信。面对屏幕上那堆傻到家的垃圾，我父母居然还真满口啧啧赞叹呢。

总之，他们把我跟厄尔当成三岁小孩哄了。我真想亲手自我了断，厄尔也一样。不过我们只是坐在那儿，一声不吭。

后来，我和厄尔垂头丧气地溜回了我的卧室。

内景　我的卧室－白天

厄尔：该死，逊毙了。

格雷格：我们真矬。

厄尔：他妈的，我比你更矬。

格雷格（竭力扮出跟厄尔一样漫不经心的派头：人家厄尔才十一岁，嘴里说出“他妈的”却半点也不刻意）：呃，见鬼。

厄尔：他妈的。

爸爸（画外音，从门缝里传来）：伙计们，十分钟后吃晚餐哦。（发现我们没有搭话）伙计们，真的很了不起，老爸老妈大开眼界啊。你们真该为自己骄傲。（又稍稍顿了顿）你们没事吧？我能进来吗？

厄尔（立刻接话）：不是吧？

格雷格：我们还好，爸爸。

厄尔：如果他进屋谈起那部蠢片，我会忍不住踢自己脑袋。

爸爸：那好吧！

脚步声表明爸爸已经走开。

格雷格：烂到家。

厄尔：真恨不得一把火烧掉那破片。

格雷格（粗口依然说得不太溜）：没错，嗯，他妈的。狗屎。

格雷格与厄尔双双陷入了沉默。厄尔的特写镜头。厄尔灵光一闪。

厄尔：沃尔纳·赫尔佐格滚他妈的蛋。

格雷格：你说什么？

厄尔：哼，去他妈的《阿基尔，上帝的愤怒》，让沃尔纳·赫尔佐格见鬼去吧。

格雷格（犹豫不定地）：好吧。

厄尔：我们要拍我们自己的片。（打起了精神）我们不要抄别人的电影。我们要拍自己的电影。（兴奋起来）我们要拍一部片，叫《上帝的愤怒 II》。

格雷格：《厄尔，上帝的愤怒II》。

厄尔：一点也没错。

在我与厄尔富有创意的合作历程中，他始终创意百出，《厄尔，上帝的愤怒II》正是其中最出色的杰作之一。我是死活想不出这种主意的，尽管它也不算太复杂、太离谱。简单说来，就是翻拍《阿基尔，上帝的愤怒》，但要把我们无法操作的地方改一改，或者把我们不乐意拍的地方改一改。如果某个场景不讨我们的欢心，翻拍版本就删掉这场景；如果无法翻拍某个角色，就跟该角色说声“拜拜”。丛林没办法复制，那就换成客厅或者汽车内景。极简之道总是最妙。

总之，《厄尔，上帝的愤怒II》围绕一个名叫“厄尔”的疯子展开，讲述他在匹兹堡的一户普通人家中找寻一座名叫“厄尔多拉多”的城市。我们的拍摄地点定在盖恩斯府上，即兴编凑了许多台词，猫咪斯蒂文斯也万分精彩地客串了几回。我们又花了大约一个月，把拍好的片段配上老爸随手搁在一旁的一张疯克乐CD，最后再把片子刻到一张DVD上，在影音室进行了一次秘密试映。

片子烂到家，但不及我们的首部电影烂。

于是，我和厄尔的制片事业就此诞生。

第十四章 餐厅风云

chapter 14

到了十月，局势变得颇为诡异。学校里多了一个让我花时间陪、让我温柔以待的人。可以用“朋友”来定义我与瑞秋的关系吗？我猜可以。瑞秋是我的朋友——告诉你吧，白纸黑字写出这句话，感觉并不舒服，简直别扭得很。操蛋的人生正源于结交朋友。

无论如何，课余时间我一天到晚跟瑞秋待在一块儿，所以在学校我总不能不理她吧。于是突然，学校里人人都发现我多了一个死党。大家眼睁睁见到我在课前课后跟瑞秋聊天，而且时常逗得她哈哈大笑；分组的时候，我又几乎总跟瑞秋组队。大家可不是睁眼瞎。

因此，也许会有人把我跟瑞秋当作一对，说不定还以为我们发生过什么呢。要是不犯浑，你有什么办法洗刷人家的这种印象？总不能逢人就说“我跟瑞秋之间并没有一腿！尤其不涉及‘嘿咻’”。

最起码，大家认定我跟瑞秋好上了。关键在于：大部分人，尤其是女生，似乎对此颇为激动。我从中推导出了某种理由，而这种理由让人灰心。

观点：当某相貌稀松平常的女生与某相貌稀松平常的男生交往时，人们总觉得激动不已。

确实没听过任何人力挺以上观点，但我感觉它颇有道理。当女孩见到相貌平平的一对男女正在交往，她们会暗自琢磨：“嘿！谁说相貌平平的人就没人爱呢。他们不可能是爱对方的美貌，所以一定是爱其他品质，真动人哪。”与此同时，男孩们一见到这种情形，心里会想，“又少个对手跟我争夺本高中‘大波尤物’比赛的冠军得主了！”

花时间陪瑞秋，也就意味着多多少少跟她所属的小圈子有交集——那是十二年级中上阶层犹太女生 2a 小队，成员包括瑞秋·库什纳、娜奥米·夏皮罗和安娜·塔奇曼。娜奥米·夏皮罗性子躁，嗓门大，动不动就说些刻薄毒舌的话；安娜·塔奇曼还蛮好相处，但手里总攥着《命运的裂痕》之类稀奇古怪的书。有几次开课之前，我被瑞秋哄着跟这两人待了一会儿，结果简直没办法跟她们聊下去。

内景　本森高中走廊 – 早上

安娜：呃，今天我不想去上英文课。

娜奥米：库巴利先生是个十足的变态。

瑞秋和安娜哧哧地笑。

娜奥米（装作不懂瑞秋与安娜为什么偷笑）：怎么啦？！谁让他

总想朝我的衣服领口里偷瞄呢。

瑞秋和安娜笑得更厉害了。格雷格也试图客气地笑笑，可惜没有成功。

娜奥米：真受不了，干脆拍张照好了，库巴利先生，那就可以天天看。

安娜（假装无比惊恐）：娜——奥——米！

突然，所有人都朝格雷格望去，以求他的看法。

格雷格（断定最安全的选项是把大家之前说过的话总结一下）：嗯……给胸部拍张照，真是“库巴利”风格。

娜奥米：哎哟，男生真变态。格雷格，你脑子里除了上床就没有别的货色了吗？

走廊里所有学生：格雷格，我们都注意到你在开开心心地跟这个烦人精打趣拌嘴，交情不错嘛。

没错，我精心耕耘的低调形象眼看就要毁于一旦。某天下午，我甚至犯了傻，答应跟瑞秋的小圈子一起去餐厅吃午饭。要知道，我已经多年没有踏进过餐厅了。

本校的餐厅一片狼藉。首先，餐厅里一天到晚有人在拿吃的打闹。通常不会闹得太凶，因此保安也懒得插手，但无论什么时候，餐厅里总有人正朝身边另一个人扔调味料或食品，经常失手殃及池鱼。总之，餐厅里的乱象堪比第二次世界大战中最恐怖的一次战役。

其次，餐厅每天供应的都是比萨和炸土豆。有时为了玩点花样，餐厅会在比萨上搁几团灰扑扑的香肠，也仅此而已。除此之外，不少比萨和炸土豆最后会掉到餐厅地板上，可惜无论是土豆还是比萨，踩上去都不免栽个跟头。餐厅地板上还有一摊又一摊干了的百事可乐，倒是黏糊糊的，踩上去不会滑倒，却更加恶心。

最后，餐厅挤得不得了。这意味着，如果你不小心踩到比萨上的奶酪或土豆泥摔一跤，有可能会被众人践踏致死。

简而言之，本校餐厅活像一座戒备稀松的州立监狱。

于是我不得不坐在那儿，尴尬地把双肩包搁在腿上——你总不希望把双肩包放在桌子下面，粘上油腻腻的渣滓或者虫子吧。我的午餐是爸爸为我打包的便当，怪是有点怪，但也许十分健康。因为如果每天吃比萨和炸土豆的话，我的体重恐怕会更超标，脸上也会冒出个眼珠大小的青春痘。娜奥米正高声嚷嚷着“罗斯说了些很瞎的话”，而我一边暗暗叫苦，一边千方百计客客气气地听着，脸上也许还挂着一抹傻笑，不然就是张苦瓜脸。正在这时，麦迪逊·哈德纳走过来，坐到我们身旁。

如果你记不起来的话，我再重提一遍：麦迪逊·哈德纳是个美貌无双的辣妹，说不定正在跟匹兹堡钢人队队员交往，不然至少也是个大学生。与此同时，她也正是我念五年级时狠狠损过的那位美少女，被我起了“麦迪逊臭屁啦”等一串绰号，又说人家用的唇膏跟鼻屎一样。当然，一晃到了十二年级的十月，前尘往事俱已随风而逝，现在我与麦迪逊只能算点头之交。有时候，我们会在走廊里互相打声招呼，我甚至不痛不痒、不咸不淡地打趣几句。她展颜微微一笑，我就做上片刻白日梦，梦见把脸深埋在她的双峰间，仿佛一只情意绵绵的熊猫崽。在此之后，我与麦迪逊又各走各的路，井水不犯河水。

我想不想跟麦迪逊耳鬓厮磨？拜托，那不是废话吗？如果能一亲香泽，我宁愿少活一年。好吧，还是一个月吧。而且，显然必须是在她心甘情愿的前提下。我并不是说，向某个诡异的精灵许个愿，它就让麦迪逊乖乖听话跟我亲热，作为交换，我则少活一个月。以上一整段说的都是些傻话。

嗯，如果你问我：格雷格，你暗恋的对象是谁？答案正是麦迪逊。但大多数时候，我能忍住不让自己春心荡漾。因为在高中，像我这样的男生压根没希望泡到真正心仪的女孩，所以又何必像个可怜巴巴的傻瓜一样念念不忘呢？

有一次，我开门见山地问过老爸在高中泡妞的问题。他说，是啊，高中是没戏，但大学是另一番天地。一旦进了大学，那我“定能直奔本垒”——真让人不好意思，同时又让人放下了悬着的一颗心。随后我又问过老妈，结果她说我其实长得英俊非凡，于是在“老妈是否是个撒谎精”一案中，控方眨眼间又多了一条罪证——罪证第一万六千零八十七条。

总之，麦迪逊——一位几乎无人不爱的辣妹，正施施然向我们走过来，砰一声将她的午餐托盘放在瑞秋旁边。她为什么要屈尊？嗯，容我再连篇累牍地给你解释一下吧，我还真像旁白界的约瑟夫·斯大林哪。

世上有两类辣妹：一类是坏心肠辣妹，另一类则是心软、心善、不会故意害你的辣妹。我们班第一个隆鼻的女生——奥莉薇亚·瑞恩，无疑就是个坏心肠的辣妹，因此人人怕她怕得要死。时不时，她会出手让某人掉进苦海。有时是因为那倒霉蛋在Facebook上留言道——**“丽芙·瑞恩是个婊子!!!!”**大多数时候，她出手并没有理由，恰似一座火山突然在某人家中爆发，顷刻将人打入了万劫不复的地狱。据我估计，本森高中约百分之七十五的辣妹属于坏心肠类型。

但麦迪逊·哈德纳的心肠不坏。实际上，她简直堪称“心软、心善、不会故意害你”辣妹俱乐部的主席。最有力的铁证就是瑞秋。在瑞秋患癌前，麦迪逊与瑞秋充其量算是相交淡如水的熟人，当瑞秋患了癌症，麦迪逊的“友情激素”却跟着飙升。

容我跟你说说“心软、心善、不会故意害你”辣妹的短处吧。她们不会故意毁掉你的生活，并不意味着她们不会毁掉你的生活。人家难以自控嘛。她们好似一头头大象，无忧无虑地在丛林中信步，一不小心把花栗鼠踩了个稀烂，却丝毫没有察觉。性感动人的大象哪。

实际上，麦迪逊蛮像我妈妈。她痴迷于行善，而且十分善于让人乖乖听话。这是一种危险至极的组合，稍后本书将会提到——如果我真能将书写完而不中途抓狂，把笔记本电脑从飞驰的汽车上扔进一摊臭水的话。

总之，遇见患有白血病的瑞秋，麦迪逊身上的“友情激素”爆棚，因此她正与我们坐在一起吃午餐，以示爱心。

“这儿有人坐吗？”她问道。她的声音听上去忧郁、甜蜜又知性，跟她的长相很不搭——真迷人。好吧，我觉得自己像个一味吹捧她多么性感的跳梁小丑，所以我还是闭嘴吧。

娜奥米说：“我觉得没有人坐。”

“来跟我们坐一起。”瑞秋说。

于是麦迪逊坐下了。娜奥米没有吭声。莫名之间，权柄已然易手。

席上的气氛剑拔弩张。这一刻孕育着巨大的机遇，也孕育着莫大的危机。世界即将永远改写。我嘴里有一口牛肉。

“格雷格，午餐看起来蛮有意思嘛。”麦迪逊说。

我的午餐是装在塑料盒里的豆芽、生菜、吃剩的牛肉，再加上日式照烧酱与青葱，看上去仿佛某位外星人光临地球，学了一门沙拉料理课，结果期末考试交出来一份不太像样的大作。不管怎样，眼下正是大好时机，我可不会让机会白白溜走。

“午餐我早吃过了。”我说，“这其实是某外星人呕吐出来的宝贝。”

瑞秋和安娜哼了一声，麦迪逊则咯咯轻笑起来。可惜我已经来不及细细品味荡漾的情思，因为娜奥米显然正打算开口雄辩，抢回风头，我必须不惜一切代价阻止她。

“没错，为了从麦卡锡先生的课上拿到额外的学分，我正在拍一部关于外星人呕吐习性的纪录片。我扛着摄像机追着他们东奔西跑，用这种午餐盒收集他们的呕吐物。你竟然以为我打算吃它？没门。麦迪逊，你一定觉得我是个变态吧。我可是个呕吐史学家，请放尊重些。因此我才会有这盒珍贵的呕吐物样本，还要靠它做研究呢。”

娜奥米不时打岔，插嘴叫一声“不是吧”或者“恶心死了”，只可惜白费心机。我正春风得意，赢来了阵阵笑声，尤其瑞秋十分捧场——她在“欢声笑语界”还真是称王称霸。

“我才不会吃这盒宝贝。跟你们细说一下：每当外星人作呕，就表示对方信任你。我在外星人身上费了无数功夫，好不容易才赢得对方的信任，求来了宝贝，我又怎么会辜负他们，把宝贝吃了呢？尽管看上去确实富有营养，滋味鲜美。仔细瞧瞧，这些怪东西看上去跟精液差不多吧。难道我不盼着美餐一顿吗？还用说吗？可是事关信任。下一个问题，瑞秋。”

瑞秋已经难以自控，笑得喘不过气来，因此我知道：如果给她机会开口，那不仅能喘口气，还能拦住娜奥米开口。我也尽量不去细想自己正逗得本校最性感的辣妹笑意盈盈，很有可能，这等妙事一辈子也就碰上一回。

“你究竟是在哪儿找到外星人的？”瑞秋好不容易开口问。

“问得好。”我说，“一般来说，外星人会装作人类，但如果洞悉其中的区别，认出他们简直是小菜一碟。”我向餐厅里瞄了瞄，四下寻找着灵感。说不清为什么，我的目光落在了斯科特·梅休的身上——大约在一万八千字以前，本书提到过这位玩魔法牌的“哥特族”。眼下他正穿着一件风衣，端着午餐托盘，迈着大步、笨手笨脚地走过。

“外星人的时尚品位与众不同，核心是崇尚风衣。”我继续说道，“他们也不太善于使用人类的双腿正常走路。举个例子——不要盯着人家看——不过，你们看到那边的斯科特·梅休了吗？没错。他就是个典型的外星人。”

我的心跳得飞快。一方面，就我的生存之道来说，我刚刚犯下了头等大罪：**绝不取笑任何人**。在高中（或其他任何场合），嚼人舌根也许是结伙与树敌最为简单的办法，而我之前已经提过成千上万次，这与我的人生目标相悖。

另一方面，我身边可围着三个笑靥如花的女生，其中一个是麦迪逊，另外一个是瑞秋。无论如何也必须撑下去。

“你们说不定都已经见过斯科特古古怪怪地到处转悠，于是你们暗自心想：他究竟在搞什么鬼？拜托，人家来自外太空，他的家乡远在某个见鬼的流星上。为了让他对我推心置腹，让我随身携带他呕吐出的宝贝，我真是花了好一番功夫。说出来怕吓到你们，我不得不老老实实坐下听了不少外星诗歌，十有八九都跟半人马有关。今天早上，等到他把诗念给我听以后，我说：真是优美动人，实在感激不尽。接着他说：荣幸之至，请您容我一吐。说完，他就朝这个盒子里吐了一气，真是惊心动魄。”

说完我闭上了嘴，因为斯科特停下了脚步，正瞪大眼睛越过餐厅盯着我们。眼前的情景必定不讨他的欢心：安娜、瑞秋与麦迪逊齐齐望着他，一起哄堂大笑。我的嘴里则说个不停，脸上挂着灿烂的傻笑。他心知我们在拿他开涮——事情不是明摆着的嘛。他怒气冲冲地冷眼望着我。

“格雷格，你真是又恶心又古怪。”娜奥米迫不及待地钻空子宣布。

“格雷格，你真毒舌。”麦迪逊说着甜甜一笑。

该死，这下要怎么圆场？“不，不，不！”我大喊一声，“娜奥米，外星人的呕吐物才不恶心，它既稀有又迷人。这正是关键所在。还有，麦迪逊，我可不是毒舌哟。恰恰相反，我手里拿的盒子装着他吐出来的宝贝，分明是在赞美斯科特与我之间神奇的纽带嘛。”

可惜我吓得要命：我居然一时失控，嚼起了斯科特·梅休的舌根，说不定会让他对我怀恨在心。再说，我还让自己背上了嚼舌根的恶名。我吓得神思不定，直到下一堂课的铃声响起，我都没有吱声。还用说吗？接下来的几个星期里，我再没有去过餐厅一趟。一想到要在餐厅里吃午餐，我立刻觉得后背渗出一身热汗。

后来瑞秋告诉我，斯科特·梅休暗中对安娜倾心不已。

“哇哦。那就讲得通了。”

“是吗？”

“是啊。她不是一天到晚读那些半人马之类神神道道的书吗？”

“我觉得他太古里古怪，跟她不搭。”

“他也没有那么古怪啦。”

我对斯科特依然感觉内疚，还有点敏感。

“格雷格，他就是很怪。再说他的头发也好恶心。”

“嗯，他还没有我怪。”

“拍外星人呕吐物纪录片的人物不正是你吗？”

“正是在下。”

“你的其他纪录片呢？”

瑞秋大概是想给我个机会即兴发挥，但我实在吓得够呛，一句话也说不出来。刚出了“斯科特风波”，瑞秋偏又提起我的电影，我实在没辙。

于是我只说了一句：“呃，也不是吧。嗯。”

幸运的是，瑞秋深悉言外之意。

“抱歉，我知道那些片要保密。我不该问你的。”

“不，是我犯傻。”

“不，不是你的错。那些片保密对你来说很重要，我不希望你跟我细讲。”

我不得不说：在那一刻，瑞秋棒极了。与此同时，依我猜，我也许必须跟你讲讲那些电影。你们这些傻瓜，你们可及不上瑞秋那么棒。

其实我的意思是，非要写出来让你们读的人是我，因此实际上，我才是个废物、饭桶。

估计没有人会因此惊掉下巴吧。

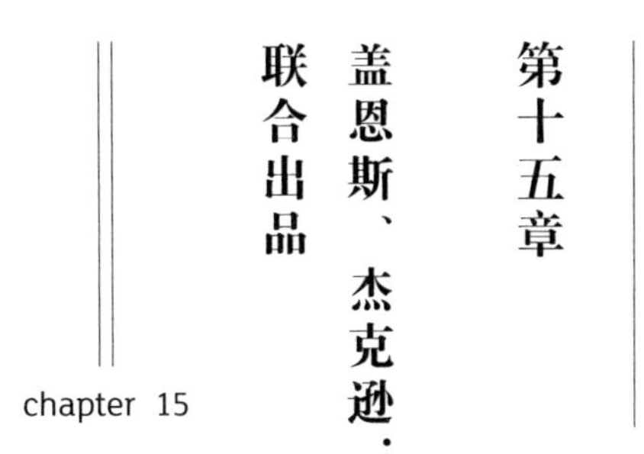

第十五章 盖恩斯、杰克逊：联合出品

chapter 15

显而易见，本列表有所遗漏。

《厄尔，上帝的愤怒II》（导演：格雷格·盖恩斯／厄尔·杰克逊，2005年）

没错，我知道，把本片设为续集毫无道理。要么该叫《阿基尔，上帝的愤怒II》，要么该叫《厄尔，上帝的愤怒I》，管他呢。反正当时《厄尔，上帝的愤怒II》看上去还凑合。再说，当时我们才十一岁，放我们一马吧。

总之，厄尔在片中大胆出演一名脑子有问题、操着一口假德国腔的西班牙殖民先锋，可惜本片的种种毛病让他那令人眼花缭乱的演技黯然失色。本片几乎完全没有情节，没有角色发展，也没有听得懂的对白。

回想起来，我们也许该少拍几幕猫咪斯蒂文斯突袭我们的镜头，另外还应再加上字幕，因为实在没人听得懂厄尔在说些什么。比方说，“Ich haufen mit staufen ZAUFENSTEINNN。”听上去很厉害，但真要老老实实逐字翻译，意思是“我积/攒/集（不知所云的胡诌）酗酒的石头。”

评分：★

《乱 II》[1]（导演：格雷格·盖恩斯/厄尔·杰克逊，2006年）

到了《乱 II》，我们的技艺更上一层楼，无论是服饰、配音、武器，还是情节。我们真的试着事先拟一套剧情，白纸黑字地写好：一位帝王与诸皇子正在共进晚餐。其中一位皇子拿自己父亲开了个玩笑，帝王火冒三丈，一怒之下处死了手下的宫廷弄臣。另一位皇子的妃子闯了进来，宣布自己刚刚重嫁给了另一位君王，于是她被弯起手指敲头而死。与此同时，妃子提到的那位君王住的是洗手间，吃的是肥皂。当一位信使带来他的王妃已死的消息，该君王上演了一幕没完没了的抓狂镜头。原来信使是前一位君王桀骜不驯的儿子假扮而成的，而这位皇子千不该万不该，偏偏走到了一棵树下——一位神秘莫测的刺客正怀揣着牙膏在那里守株待兔。刺客与首先出场的帝王在密林中上演了一场追杀戏，而住在洗手间里的君王因此又演出了一幕更长的抓狂镜头。最终，他一溜烟跑到客厅里，肘击前额自杀身亡，莫名其妙起死回生的宫廷弄臣则高声唱起了一支狗屁不通的歌。

---

① 本片名仿《乱》（*Ran*）。《乱》是黑泽明晚年的代表作品，根据莎士比亚的《李尔王》以及毛利元就折箭的故事改编。

至此，局势愈加风云莫测。

评分：★★

《且待启示录》[①]（导演：格雷格·盖恩斯／厄尔·杰克逊，2007年）

与以往一样，片名算不上出色。一弄懂"天启"一词的意义[②]，厄尔跟我就认定：《现代启示录》居然跟世界末日不沾边，简直滑天下之大稽。《且待启示录》一片可概括如下：

厄尔头戴大方巾，手持一把水枪，厉声责问末日将何时来临。

画外音，我告诉厄尔，世界末日还要稍候一些时日。

厄尔坐在椅子上破口大骂。

重复。

评分：★½

《星球和平》[③]（导演：格雷格·盖恩斯／厄尔·杰克逊，2007年）

故事发生在2007年的地球，而非未来。尽管有个威风八面的名

---

① 本片名仿《现代启示录》。《现代启示录》是一部1979年的电影，由美国导演弗朗西斯·科波拉执导，根据波兰裔英国作家约瑟夫·康拉德的中篇小说《黑暗之心》改编，背景设置在越战时期的越南。

② 启示文学作品通常包含预言或象征景象，尤指世界末日迫近和正义者救世的内容。

③ 本片名仿《星球大战》。《星球大战》，中文可简称"星战"，是美国导演兼编剧乔治·卢卡斯构思拍摄的一系列科幻电影。

字——“狂人小霸王”，卢克却是整个社区最矬的家伙。举个例吧：除了布丁，他的钱包里一无所有。女孩们无意跟他耳鬓厮磨，反而热衷于猛揍他的肚子。他在沙坑里发现了两个机器人，机器人告诉他，他可以用意念移物。机器人的话不知真假，但卢克不管三七二十一告诉了大家，一旦对方让他拿出意念移物的真本事瞧瞧，他便大为光火，跳起了“发飙机器人”舞。他认为自己的脚踏车是某种未来飞车，于是端着水枪，骑着车穿过弗里克公园，嘴里嘟囔着外太空的话。如果认定某人是“风暴兵”[①]，他会对人家发起进攻。接下来，警察现身了。是真警察，剧本里可没有这个角色，不过一个差点被我们碾到的老太太打电话报了警。警察的出现帮了大忙，因为我们本来压根没写结局。

评分：★★½

《你好，好死不送》（导演：格雷格·盖恩斯／厄尔·杰克逊，2008年）

堪称一大突破！这是我们首次在片中使用袜子玩偶。英国超级间谍“詹姆斯·绑得紧”一觉醒来，发现自己正与一位美貌佳人同床共枕。谁知道，美女的秘密身份是个袜子玩偶，而我们得知这是个秘密，因为“詹姆斯·绑得紧”亲口说：“你身上最妙之处在于，你不是个袜子玩偶。”

评分：★★½

---

① 风暴兵，又译“暴风突击队”“冲锋队”，也称“白兵”，是《星球大战》中的角色。

《猫咪谍影》[①]（导演：格雷格·盖恩斯／厄尔·杰克逊，2008 年）

问题在于：猫咪演技太差。

评分：★

《2002》[②]（导演：格雷格·盖恩斯／厄尔·杰克逊，2009 年）

看完《2001 太空漫游》，我们简直如释重负。若说《阿基尔，上帝的愤怒》教会我们一部电影无须大团圆结局，《2001 太空漫游》则告诉我们，电影甚至根本用不着情节，不少场景用点诡异的颜色凑合就行了。从艺术角度来说，本片是我和厄尔最雄心勃勃的一部作品，但这也使它成了最无趣的一部。

评分：★★½

《猫影迷魂》[③]（导演：格雷格·盖恩斯／厄尔·杰克逊，2010 年）

猫咪不仅演技差，还恨死了穿衣服。

评分：★★★½

---

① 本片名仿《北非谍影》（即《卡萨布兰卡》）。

② 本片名仿《2001 太空漫游》。《2001 太空漫游》是一部由斯坦利·库布里克执导，根据科幻小说家亚瑟·克拉克小说改编的美国科幻电影，于 1968 年上映。

③ 本片名仿《谍影迷魂》。《谍影迷魂》又译《谍网迷魂》，是一部 1962 年首映的美国惊悚片，导演是约翰·弗兰肯海默。

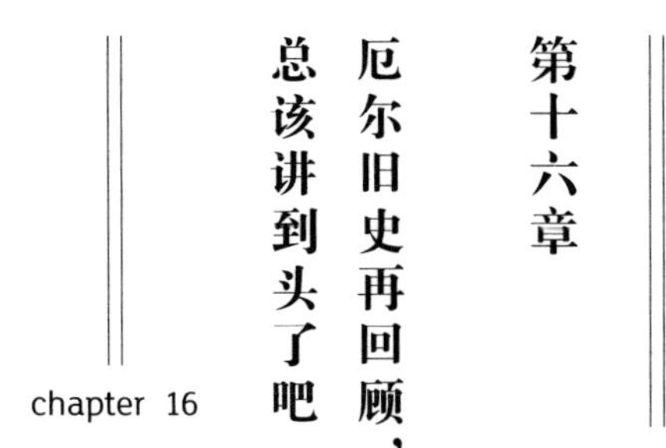

自从《厄尔，上帝的愤怒 II》起，厄尔和我共拍摄了四十二部电影。每拍完一部，我们会走一套例行流程：刻两张 DVD，把电影从我爸的电脑上删除，然后我把电影原始素材扔到我家屋后的垃圾堆里，厄尔则抽上一支烟。每逢这种时刻，妈妈通常会不以为然地冷眼旁观——她觉得，我跟厄尔还是保留原始素材为好。除此之外，尽管恩准我们抽烟，她其实并不太乐意，不过她还是听之任之，因为反正也拿我们没办法。

除了厄尔和我，我们不希望任何人见到那些片子。什么人也不行。我爸我妈不行——我们深知他们两人的见解靠不住。我们的同学不行——在《阿基尔，上帝的愤怒》风波之后，厄尔和我才不在乎他们怎么想。再说了，厄尔和我反正也没什么死党。

对厄尔来说，他根本就不在乎结交朋友。我已经算是跟他最铁的死党了，但除了一起拍电影，厄尔跟我一起玩的时间并不多。念初中时，他开始整天一个人独来独往，我不清楚他的行踪，反正不在他家，也不在我家。有一阵他迷上了嗑药，详情我倒不太了解。不过那段时间不长，其间我们拍了两部电影，厄尔一直处于神游状态（《罗拉慢走》，2008 年[①]；《基佬智能》，2008 年[②]），没过多久，他就打起了精神。到了八年级的时候，厄尔开始只抽香烟。他依然独来独往，有时我好几个星期都见不到他。

至于我，念初中的时候，我很难交上朋友。至今我也不清楚原因。如果知道是为什么，当初我就不会落个孤家寡人的下场了。问题在于：我通常对其他孩子感兴趣的东西不感兴趣。不少孩子热衷体育或音乐，但我偏偏兴致缺缺。我只热衷于把音乐当电影配乐用，至于运动，拜托饶了我吧。不过是一群人把几个球扔来扔去，不然就想方设法撞倒对方，而你还得乖乖旁观整整三小时，这难道不是浪费光阴吗？我不愿口出狂言，所以我会闭嘴，只不过——世上还有比体育更蠢的傻事吗？

所以说来说去，我跟大家的爱好南辕北辙。更重要的一点是，一旦遇上社交场合，我根本不知道该聊些什么。除了出自电影的典故，我想不出该如何打趣，所以我会抓狂，绞尽脑汁找些好笑的话讲，结果通常会发生如下场景：

---

① 本片名仿《罗拉快跑》。《罗拉快跑》又译《疾走罗拉》，汤姆·提克威尔于 1998 年出品的电影。

② 本片名仿《人工智能》(*A.I.*)。《人工智能》，又译《AI 人工智慧》，是由史蒂文·斯皮尔伯格导演，斯坦利·库布里克参与制作的一部电影。

1. 你有没有注意到，只要是个人，看上去要么像啮齿动物，要么像鸟？而且你可以据此对人进行分类哟，比方说，我的脸型绝对偏向啮齿动物，而你看上去像只企鹅。

2. 如果这是一款电玩游戏的话，你可以把这间屋里的东西通通敲碎，然后一堆金银财宝便会哗哗冒出来。你连捡也不用捡，只要走到它的位置上，金银财宝就会转入你的账户。

3. 如果我照某些老牌摇滚乐队主唱的腔调讲话，比如珍珠果酱乐队[①]的主唱，恐怕所有人都会觉得我的脑子搭错了弦。那珍珠果酱乐队的家伙凭什么就可以用这副腔调讲话？

如果你跟某人交情很铁，以上话题并无不妥，但当你只打算客套几句，它们可就不太应景了。不知道什么缘故，我一直没能走到“跟某人交情很铁”的一步。等到念了高中，琢磨出如何高明地跟别人搭话时，我已经下定决心：我可不希望结交死党。厄尔除外；上文已经提过，厄尔其实算是我的搭档。

至于女生？做大头梦吧。这种话题在女孩面前只有死路一条。详见第三章——“丢人现眼的一章早写早好”，以资参考。

总而言之，我跟厄尔从来没有把拍好的影片放给任何人看过。

---

① 珍珠果酱乐队是美国的一支摇滚乐队，1990 年成立于华盛顿州西雅图。主唱为艾迪·维德。

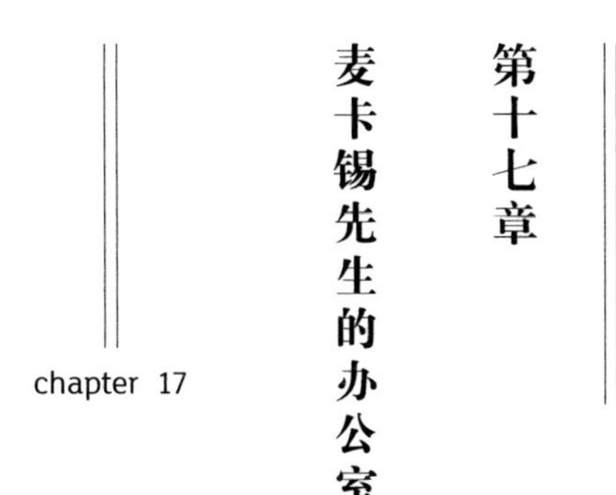

第十七章 麦卡锡先生的办公室

chapter 17

讲道理的教师在本森高中寥寥无几，麦卡锡先生是其中一位。他年纪颇轻，但不知为什么，高中那些糟心的破事在他眼中犹如浮云。本森高中不少年轻教师每天至少要哭上一回，其他一些要么愚不可及，要么专横独断，总不免落入俗套，麦卡锡先生却自成一派。

麦卡锡先生是白人，偏偏剃了个光头，前臂文满文身。天底下再没有比“事实”更让他热血上头的事了。如果有人在课堂上引用事实，他会捶胸高声喊“铁铮铮的事实”，要么就喊“尊重调查”。如果引用的事实有误，他会高喊“与事实不符”。他一天到晚用保温瓶喝越南汤，还把喝汤称作“叩问神谕”。极少数时候，要是特别兴奋，他会装成一条狗。大多数时候，他极为随和，有时还会光脚授课。

不管怎么说，麦卡锡先生算是唯一跟我交好的教师，他还准许我和厄尔在他的办公室里吃午餐。

每逢午餐时间，厄尔总是闷闷不乐。他上的是补习课程，同班同学都是呆瓜。再说了，补习课程的教室都在地下室。

顺便说一句，按厄尔的聪明劲，他想上哪个班就能上哪个班，我不知道他为什么要上补习课。不过说到厄尔的决策，估计二十本书也说不完，所以我也不再细究了。问题在于上完几堂补习课以后，厄尔已经被各种愚行折磨了整整四个小时，害得他恨不得自我了断。结果到吃午餐时，前十分钟无论我说什么，他一概恼火地摇头，之后才终于振作起来。

“最近你常跟那个女生在一起嘛。”就在我犯傻去自助餐厅吃午餐的次日，厄尔说道。

“是啊。”

“你妈妈还在逼你。”

“差不多，是的。”

“那女孩没几天好活了，是吧？”

“唔。”我说。我实在无从答起，“我的意思是，她患了癌症。但她自己并不觉得会嗝屁，所以陪她一起玩的时候，我感觉有点难过。因为我一直暗自心想‘你活不了多久，活不了多久，活不了多久’。”

厄尔板着一张脸。“人人都会嗝屁。”他说。实际上，他说的是“银银都会嗝屁”，但真要白纸黑字写下来，看上去还真蠢。舞文弄墨有什么用？我恨死这种破事了。

“没错。”我说。

“你相信有来世吗？”

“不信。”

“呃，你信的。”厄尔听起来胸有成竹。

“不，我就不信。”

“你不会不信没有来世吧？”

“唔，这是……三重否定哇。”我说。我真招人厌。真是蠢到家了，谁会非要故意招人厌呢。

“去你的大头鬼。你也太看得起自己了，居然瞧不起来世。”

我们吃起了午餐。厄尔的午餐是彩虹糖、膨化脆片、曲奇，再加上可乐。我吃的则是他带的曲奇。“你想不通‘嗝屁’是怎么回事吧，你难以相信终有一天你会歇菜。”

“我的脑筋很好使。”

“我正打算踹那脑袋一脚。”厄尔说着，莫名其妙地跺了跺脚。

麦卡锡先生适时走了进来。

“格雷格，厄尔。”

“怎么样？麦卡锡先生。”

“厄尔，你的午餐真垃圾。”历数整个世界，说出这话而不惹得厄尔抓狂的人也许有四个，麦卡锡先生正是其中之一。

“至少我没有喝保温瓶里某种味道熏人、看上去还跟海草……不，触角差不多的汤。”

不知何故，这一阵厄尔跟我都对“触角”痴迷不已。

“嗯，我也只是过来加点料。”

这时我们才注意到，麦卡锡先生的书桌上摆着一台电炉。

“教师休息室在重新布线，”麦卡锡先生解释道，“小子们，这可是智慧之源，仔细瞧瞧神谕之源吧。”

我们遥望着麦卡锡先生的一大缸汤。厄尔的说法简直恰如其分，汤里的面条活像一根根触角，还有不少泡涨的、细细的绿叶状的玩意。事实上，看起来仿佛汤中有套完整的生态系统。要是里面出现几只蜗牛，我半点也不会感觉奇怪。

“这叫越南河粉。”麦卡锡先生说。显然，“越南河粉”的发音是“fuh”。

“让我尝尝。”厄尔说。

“没门。”麦卡锡先生说。

“人渣。”厄尔说。

“没办法。”麦卡锡先生的口吻中颇有歉意，“校方不许教师给学生吃的。真讨厌。厄尔，如果你乐意，我倒可以推荐一家越南餐厅——楚银西贡美味，就在劳伦斯威尔。”

“我才不会跑到劳伦斯威尔去吃东西。”厄尔表示鄙夷。

“厄尔不肯去劳伦斯威尔哦。”我说。我发现：如果厄尔与另一个人在场，把厄尔的所作所为讲一遍有时是件趣事，尤其是把厄尔的话简简单单地重说一遍。恰似厄尔有个令人恼火的私人助理，而且那家伙派不上半点用场。

“我才不会出门撒钱。”

“厄尔的钱才不会花在这种破事上。”

“就这样搞点汤喝得了。”

“厄尔希望你给他点汤喝。”

“想得美。”麦卡锡先生一边盖上碗盖，一边开心地宣布，“格雷格，爆点真材实料来听听。”

“嗯……与诸多越南美食相仿，越南河粉融合了法式料理元素，尤其是其汤汁，源自法式清炖肉汤。”真让人说不出口，但以上一大段是我从美食频道听来的。

“尊重调查。”麦卡锡先生欢呼道，“格雷格，这点料被你吃得死死的。”他曲起右臂上的二头肌，又伸出左拳拍拍它。“接着威风下去吧。”他显得激情澎湃，欢叫起来。我差点以为他要揍我，结果他转身面对着厄尔。

“厄尔，如果你改了主意，你可以告诉西贡美味店的楚银，把账记在麦卡锡先生名下，行吗？”

“行啊。”

“反正他做的越南河粉比我的好吃得多。”

“行啊。”

“再会，先生们。”

“再会，麦卡锡先生。”

当然，麦卡锡先生前脚刚走，我们后脚就取出几个纸杯大快朵颐。汤的滋味还行，跟鸡汤差不多，但有股我们说不清道不明的怪味，有点蒜味，又有点甘草味。总之算不上什么绝世的滋味，至少初尝之时算不上。

放学铃打响时，我才感觉到异样。我站起身，血液却嗡一下涌上了头，眼前金星直冒——有时候，当浑身热血嗡一下涌上头时，你的眼前就会冒出金星。我不得不站在原地，直到视线重新清晰起来。与此同时，我的两只眼睛却还睁着，它们显然正直勾勾地盯着丽芙·瑞恩，也就是本校做隆鼻手术的始祖。说准确些，我的眼睛正直勾勾地盯着她的胸部。

隔着眼前的一片金星，丽芙·瑞恩说了几句话。话传进了我的耳朵，不知为何，我一时没有听懂。

我根本不明白出了什么事。

“格雷格，你怎么回事？”丽芙·瑞恩又说了一次。这下我总算听清了她在说什么，她的双峰也慢慢变得清晰起来。

“血，”我说，“呃，上头。”

“什么啊？”她说。

“看不见。”我说。开口讲话真不容易，而且我还发觉，无论看上去还是听上去，我都像个白痴。我话里的鼻音重得可笑，仿佛鼻子占了整张脸的百分之八十。

“血涌上头了，我看不清楚。”我解释道。不过我可能没有把这段话全说出来，也有可能没按这个顺序。

“格雷格，你看上去气色很差哟。”有人说道。

“你能不能不盯着我，拜托你。”丽芙说。她的话让我一阵心惊。

“我要走了。”我脱口而出。不知为什么，我意识到自己必须拎包走人。

正在这时，我一头栽到了地上。

也许无须我来告诉你：在本森高中，或者其他任何一所高中，世上再没有比某人摔倒在地更有意思的趣事了。不是要嘴皮，我的意思是，高中生认定最搞笑的事就是摔一跤。我说不好其中的道理从何而来，但事实如此。一旦见到有人一头栽倒，大家简直就着了魔。有时候他们自己也会摔跤，于是整个世界随之崩溃。

总之，刚才我一跤摔倒在地。通常情况下，我会起身鞠个躬，不然就拿自己开涮庆祝庆祝，给自己找个台阶下。可惜今天我感觉有点怪——脑子不太清楚。“大家都在取笑你。”我的大脑没有提供有价值的信息，也没有提供任何可行方案，反而对我说，“因为你像个蠢货一样跌了一跤！”我的大脑出毛病了。我感觉无比惊惶，一把拎起包准备夺门而出，结果又跌了一跤。

大家笑得气都喘不过来。这一幕真是喜剧之神的馈赠：一个小胖子跌了一跤，心烦意乱、踉踉跄跄地冲向门口，结果又跌一跤。

与此同时，我急匆匆地出门进了走廊。不知道什么缘故，走廊不仅显得比平时长了三倍，而且熙熙攘攘，挤得水泄不通。我在人海中浮沉，竭尽全力不抓狂。一张张脸从身旁飘过，每一张似乎都正紧盯着我。我尽量避开众人的耳目，但生平第一次，我感觉自己如此引人注目。我可是“大鼻男”兼“摔跤小子”呢。

来到室外也许只用了五分钟，却像花了整整一小时。整整一小时的人间地狱。刚刚踏出学校大门走上前门台阶，我就收到一条短信。

“汤里加了‘料’。到停车场见我。”

发信人是厄尔。

“麦卡锡在汤里加了大麻。”他嘶声说。过了片刻，我才回过神来。

“该死，他一定在汤里放了好多大麻。”厄尔接着说，“我还没喝多少汤呢。你倒是喝了又喝，肯定嗨翻天了吧，小子。”

“是啊。”我说。

“你看上去嗨到不行。”

“我摔了一跤。”

“该死，”厄尔说，“我居然没有亲眼见到。”

嗯，这便是“嗨”的感觉。某次在戴夫·斯梅格斯开的派对上，我试过抽大麻，但什么也没有发生。也许当时我的抽法不对。

“不如去你家大吃一通。”厄尔提议。

“好啊。”我说。于是我们迈开了步子。实际上，我越想越觉得不对劲，我看上去明明一副“嗨翻天”的样子！这话还是厄尔说的！所以等我们到我家，爸妈马上就会发现我嗑了药！他妈的！那我们就不得不聊聊嗑药的事！我明明什么事也聊不了！我连用语言思考也差点办不到！不知为何，我的脑海里莫名浮现出了一只獾！那只獾棒极了！

除此之外，我还不得不瞎诌一气，因为我不想让麦卡锡先生惹祸上身。我能怎么诌呢？学校里的某些瘾君子逼着我们嗑药？太扯了，对吧？我究竟该怎么告诉爸妈嗑药的原因？也许，更重要的一个问题是：我该如何走到公共汽车站那里而不摔跤？

“麦卡锡在课上就很嗨吧。”厄尔说，“我等不及开吃了，见鬼。”

厄尔的心情非常不错。我却不是。除了担心爸妈，我还觉得街上所有人都用不以为然的眼神紧盯着我们。我们是两个嗑药的小子，大模大样地走来走去！我们“嗨”翻天了！我的鼻子活像是在脸上粘了一只飞艇！里面全是鼻涕！人家怎么会不盯着我们看？（回头再寻思，我才意识到：说到谁更“吸引眼球”，走在街头的我和厄尔真的很难让人“嗨”起来。哈哈！“嗨”起来！弄懂笑点了吗？也太好笑了吧！当然，只是开个玩笑，这个笑话逊毙了。实际上，这种笑话正是大多数人讨厌瘾君子的原因。）

“麦卡锡上课时就一副嗨高的模样吧。”厄尔又说一遍。

“他……没有啊。”我说，“嗯，也许吧。算是吧，我猜。你可以，嗯……也不是，嗯。你明白。”

该死，我连个句子也凑不起来。

厄尔一时哑然无语。

“该死，小子，”他终于开口说，“真该死。”

上了开往我家的公车，我收到一条短信。

日月天人七疗。要跟我的头发道个别吗？:)

简直不好意思说，但我和厄尔把公共汽车一路上的时间都花在破解这条短信上了。首先，我们没认出“日月天人七疗”几个词，还以为那是胡扯。

“日月天人气高。”

“日月无人寂寥。”

“人齐尿。”

“哈……哈……哈。”

“呵呵。”

“别扯了，到底是什么。嗯。”

“哎？”

“呃，噗。”

等到下公共汽车时，厄尔终于灵光一闪。

“是‘化疗’。”他说。

“哦哦哦哦。”

“你女朋友的头发会掉得一根不剩。”

“什么？”

“化疗啊。给你注射一大堆化学品，然后你的头发会通通掉光。”

听上去好离谱，不过我隐约知道他的话是实情。“唔。”

“你会不舒服得一塌糊涂。”

我心想，嗯，真是一团乱麻，接着我寻思起了“一团乱麻”这个词，没过多久，我又想象着一团乱麻长着麦迪逊·哈德纳的脸和胸部。说不清为什么，那一幕笑死人。

“哥们儿。”厄尔看上去满脸忧色。

“怎么啦？”

“你为什么发笑？”

“唔。”

“化疗可不是什么小事，谁还笑得出来。”

“不，这，嗯……我在想别的事。”上帝啊，我真是一团糟。

“那你回她一条短信好了，告诉她我们马上就来。”

我说不好他是不是在问我：“是吗？”

“没错，我们要去见你朋友，傻蛋。”

“好吧。好吧。”

“回她：没错，我跟厄尔会来见你。”

短信花了好长时间才写好，最终结果如下：

好哇听上去走召木奉！我能带盆友厄尔过来吗？人也很酷，你会稀饭他？？？

我的上帝啊。世上无疑有着热衷嗑药的少年，但我可以向你保证，格雷格·盖恩斯绝非其中一员。

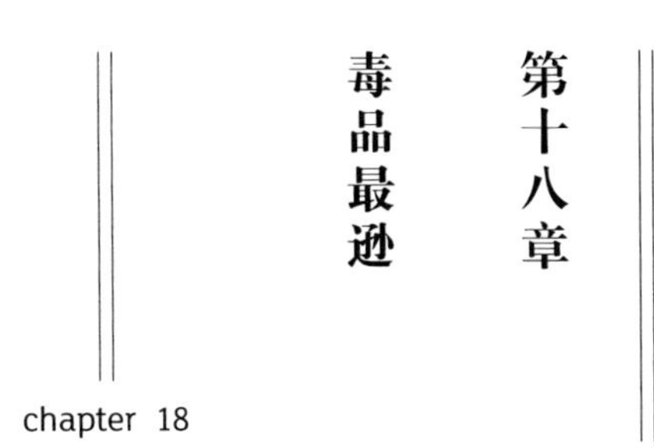

第十八章 毒品最逊

chapter 18

第一只拦路虎是丹妮丝。

“你好，格雷格。”她说。她似乎有点心神恍惚，还用难以置信的眼神望了望厄尔，仿佛我牵了一头羊驼出现在她家门口，“这位又是谁？”

厄尔与我同时答了话。

“什么？”

厄尔与我又同时沉默下来。

“我叫丹妮丝。”丹妮丝终于开口说道。

“厄尔·杰克逊。”厄尔的回答也太大声了点。我心有余悸地打量着他。跟成年人打交道的时候，厄尔经常变得无礼又好斗。我明白他这德行不会讨丹妮丝的欢心，于是我接过了话头——后来才发现是个昏招。

没嗑药的格雷格会说：“厄尔是我的死党，他来探瑞秋的病。她是不是在楼上？”

嗑了药的格雷格说的是：“厄尔是我的死……厄尔是我的死党之一。我们只是在一起玩，知道吧？就是那种，也没干什么正经事那种，知道吧，蛮酷的。所以，嗯。刚才我们收到瑞秋发来的短信……说她要掉头发。我的意思是，头发显然还没有掉，所以我们想来看看她的头发。也找她一起玩！不单单是为了见见头发，因为，知道吧？头发嘛，要不要都可以。我敢打包票，没有头发她也很漂亮。但我们还是想找她玩，问候一声……之类。”

说到最后，我已经浑身是汗。与此同时，厄尔根本没有试图掩饰鄙夷之情。他伸手捂着脸说了一个词，我觉得应该是“该死”。

“好——吧——。”丹妮丝的口吻听上去不太确定。

有那么一会儿，我们三人都一声不吭。

“那瑞秋在楼上吗？”我终于问道。

“在啊，是啊，当然啦。”丹妮丝一边说，一边向我们挥手示意。我们风驰电掣般逃离了丹妮丝，一溜烟奔上了楼。

第二只拦路虎是瑞秋对厄尔的疑心。再加上我们的举止前所未有地怪——都是毒品惹的祸。

“我说不好你的短信是什么意思。”瑞秋一边说，一边小心翼翼地瞥着厄尔。我有种古怪的感觉：瑞秋猜忌厄尔，因为厄尔是个黑人。冒出这种念头也让我觉得很糟心，这不是把“种族歧视”的帽子扣到瑞秋头上吗？人家瑞秋分分钟会掉光头发，说不定还会不久于人世呢。

“厄尔说了算。”我说，仿佛这句话解释了一切。

“是啊，你们总互发恶心短信。”

我颇不自在地沉默了一会儿，过了好久才记起：以前我跟瑞秋提过厄尔一次。但等我回过神时，厄尔已经主动出招了。

“你还好吧？”

“你好，厄尔。”

沉默。

“我挺喜欢你的卧室。”

“谢谢。格雷格觉得太女孩子气。”

我心知必须说点什么，于是大声高喊：“我没说过！”

“还用说吗？本来就女孩子气。”厄尔说，“我的卧室就没有穿丁字裤……的詹姆斯·邦德。”

没嗑药的格雷格会说：“没错，厄尔宁愿贴张不穿衣服的詹姆斯·邦德海报。”

嗑了药的格雷格说的是：“嗯嗯嗯。”

又是一阵沉默。

“嗯，明天我要去做一轮化疗。”

“嗯，真糟糕。”

“哥们儿，说什么呢？”厄尔推了我一把。

“什么？”

“别说‘很糟糕’啊。”

“嗯……没错，你没说错。”

“是有点糟糕。”瑞秋说。

“是啊，但真是激动人心。”

“是的吧？”

“如果早做化疗，你痊愈的可能性会大些。”厄尔紧盯着地面。

“是的。”瑞秋也紧盯着地面。

这阵沉默也许跟种族歧视有关。

瑞秋和厄尔显然合不来，我必须采取措施。不幸的是，我不知道该采取什么措施。大家继续一声不吭。瑞秋依然盯着地面，厄尔开始叹气。哪有半点聚会的气氛？简直是社交场合中最没劲的一幕。如果恐怖分子破门而入，打算用鹰嘴豆泥闷死我们，那也比目前的局面强。我忍不住琢磨起了“鹰嘴豆泥”。“鹰嘴豆泥”究竟是什么呢？也就是一种鹰嘴豆糊吧？谁会吃豆糊啊？尤其是跟猫咪的呕吐物差不多的豆糊？只要是个明眼人，就能看出二者的相似点。至少，每逢猫咪斯蒂文斯呕吐，看上去便跟吐鹰嘴豆泥差不多。

我又转念一想：“你为什么一直要把吃的跟呕吐物扯上关系？先是餐厅里的外星人风波，现在又是这一出。你有点毛病吧。”

正在这时，我才发现自己在咯咯傻笑，但笑得有些神经兮兮、胆战心惊，因此比没心没肺的傻笑更招人厌。

厄尔勃然大怒：“该死，别再笑了。”瑞秋的反应更加糟糕：“如果不想待，你们可以走。”听上去，她快哭了。真要命，我感觉自己白痴到家了。从实招来的时候到了。

“我们嗑药了。”我脱口而出。

厄尔又伸手捂住了脸。

“你说什么？”瑞秋问。

“我们一不小心嗑嗨了。”

“一不小心？”

坦白交代部分实情的时候到了。事实上，眼下正是瞎诌的好时机。

“我失忆得一塌糊涂，连发生了什么也不记得。”

“不是吧？！”厄尔厉声说。

“不，我们都失忆了。”

“你在瞎扯什么啊？”

“你们怎么会嗑药？”瑞秋问道。

“我不知道！”我说，“我真不知道。”

接着厄尔开了口，我心知他马上会说起麦卡锡先生，但我打心底里不希望麦卡锡先生被炒鱿鱼。

于是我说：“事实上，我们走进洗手间，洗手间里还有一些人，知道吧？一些瘾君子。他们问我们要不要大麻。刚开始，我们说……嗯，不，我们不想沾你们的任何……呃……大麻……接着他们恼火起来，说些什么……‘嘿，你们最好乖乖抽一点，不然我们就把你们臭揍一顿’。他们一伙有二十个人左右呢，所以我们只好说‘好的，行吧’，然后跟他们一起抽。再说一次，我完全不记得发生了什么，因为我失忆了。”

刚编出的谎话里一眼便能识破的漏洞（本列表有所遗漏）：

1. 厄尔和我还从来没有一起去过洗手间，也许是因为那样显得有点诡异。

2. 瘾君子们才不在洗手间里抽大麻。他们在距离学校一个半街区的一辆日产的尼桑天籁老爷车里抽。随后他们会人间蒸发几个小时，有时一连几天都不见踪影。

3. 史上从未有过逼其他人跟他们一起嗑药的瘾君子。事实上，他们中许多人才乐得不跟你分享大麻呢。

4. 二十个瘾君子？在同一个洗手间里？二十个？干吗不狮子大开口说一百个呢？干吗不说成千上万？上帝啊。

5. "失忆"是个什么玩意？究竟什么意思？

于是我说了一通，厄尔一声不吭。瑞秋望望他，等他表态。等到地老天荒，他终于开口说："没错，事情就是这样。"他火冒三丈呢。

我们看上去就是两个白痴。但起码瑞秋不再快要哭出来，她看起来蛮开心。

"我恨死毒品了。"我说，"真觉得自己是个蠢货。我们嗑了药还来探望你，对不起。"

"蠢蛋，闭上你的嘴。"厄尔说，"你觉得你在哄瑞秋开心？又是道歉又是屁话？闭嘴吧。"

"好吧。"我说。

"瑞秋。"厄尔继续说道。厄尔已经进入"发号施令"模式，真让我大大松了一口气。因为一旦厄尔开始发号施令，事情便会有所转机。"我们是来探望你，哄你开心的。不如出门散散步，吃点冰激凌之类的吧。"

天哪，真是条妙计。我已经告诉过你，厄尔总有锦囊妙计。

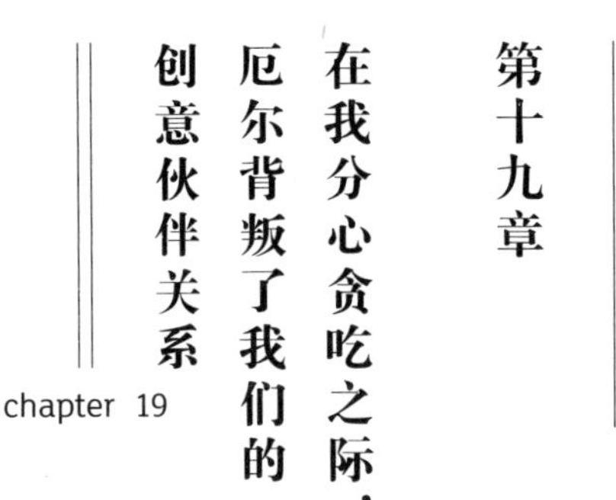

第十九章 在我分心贪吃之际，厄尔背叛了我们的创意伙伴关系

chapter 19

前文已经提到，发现我们嗑药以后，瑞秋觉得非常逗。

“格雷格，我还不知道你坏成这样呢。”她说。

“我才不是。”

“我是在讽刺你。”

“哦。”

我们在莎迪赛德一家卖冰激凌和华夫饼的店里。这家店的冰激凌好吃得要命，店员用搅拌机之类的工具往冰激凌里加料。冰激凌已然美味绝伦，加的各种料则让人匪夷所思。举个例吧：蜂花粉；再举个例：辣椒。问我有没有加这两味料？我加了；问我有没有把它们加进天底下味道最怪的冰激凌里，也就是咖啡力娇酒味冰激凌？绝对是啊；问我点“蜂花粉”的时候是否想起了“甜蜜蜜”的“蜜”？也许甜妞杰西卡·阿尔芭能回答你的问题。

不管怎样，冰激凌到手时，我完全管不住自己了。有那么整整五分钟，我浑然忘掉了周遭的一切，因为冰激凌实在好吃得厉害。等到回过神时，一切已经天翻地覆，我身上不少地方变得黏糊糊的，比如两只脚踝。厄尔显然难以招架。

“哥们儿。你得学学……别吃得这么狼狈。”

“唔，抱歉。”

“真烦人。”厄尔连自己的冰激凌也吃不下去，“傻蛋。”

“唔，有点想再吃一个。”我说。

“那就再吃一个。”瑞秋提议道。

“算了。他还是不要吃了。”

“唔。”

“反正我们也该回去了。”厄尔把双肩包背到肩上，“如果我们还想在晚饭前看点东西的话。”

“是吗？我们要看什么东西？”

厄尔和瑞秋瞪大眼盯着我。

“哥们儿。”

“格雷格，我们要看你们拍的电影。”听瑞秋的口气，仿佛那是小事一桩。

“你刚才是没听见我们说话吗？”厄尔问道。

“嗯。”

“傻蛋。”

厄尔不知道从哪里掏出一支点燃的香烟，火冒三丈地抽了起来。与此同时，我发现瑞秋察觉到我心烦得很。“格雷格，厄尔说没问题……你真的不希望让我见识一下你们辛辛苦苦拍出的作品吗？”

这个问题的答案锁在某星舰深处的保险库中——**见了鬼了，一点也不希望啊。**

在理想状况下，我会把厄尔叫到一旁，阐明我的态度：

I. 见鬼了，你到底在干什么？

A. 刚才你答应让瑞秋看我们的电影了吗？

1. 似乎就是我吃冰激凌时发生的事情。

2. 如果我没说对，请指正。

B. 是我们很久以前就说好永不示人的那些电影吗？

1. 那些片子还没有出色到足以示人的地步。

2. 也许有朝一日，我们会拍出足以示人的佳作。

3. 但我们绝对还没有走到那一步。

C. 去他妈的，去他妈的，去他妈的。操蛋。

II. 你究竟为什么要这么干？

A. 因为她活不了几天了吗？

1. 这事跟其他任何事情扯得上什么关系？

2. 该死啊！啊！啊！厄尔。

B. 难道你刚刚改变了看法，认为我们的片子很出色？

1. 它们是烂片。

2. 是吗？

3. 我们没预算哪，照明之类也不行。

4. 我们在很多片里都在瞎闹！

5. 我们基本上是两个蠢货。

III. 厄尔，你个蠢货。

A. 你可真是个混账东西。

B. 混账无比。

C. 拜托别用连环腿踢我的脑袋。

1. 嗷。

2. 混蛋。

但我一个字也说不出来。相反，我只能点点头，顺水推舟。说来说去，目前可是二对一。我别无选择。

我们步行回家。往好处看，我开始感觉自己渐渐恢复了正常，但这并不能抹去厄尔背后插的一刀，也不能抹去我和厄尔即将蒙受的耻辱。依我猜，这表明陪伴一位濒死的女孩会让某些人甘心赴汤蹈火，即使那人是脾气又臭、个头又矮、爱拍电影的制片人。

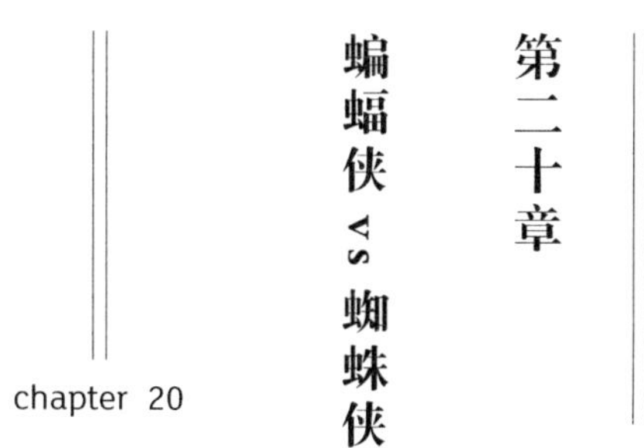

第二十章 蝙蝠侠 vs 蜘蛛侠

chapter 20

《蝙蝠侠 vs 蜘蛛侠》（导演：格雷格·盖恩斯／厄尔·杰克逊，2011 年）

蝙蝠侠素爱蝙蝠，蜘蛛侠素爱蜘蛛。蝙蝠侠在蝙蝠装下塞了一堆衣服，以彰显肌肉；蜘蛛侠动作敏捷，结实精瘦，或者更神经兮兮。蝙蝠与蜘蛛二侠从未互相为敌……直到此刻！！事实上，他们之间依然无冤无仇。一个电影人非要把他们关进一间屋，除非其中一个战败，才肯放他们出来。但蝙蝠与蜘蛛二侠并不愿意跟对方动手，于是他们的大部分时间都闲坐着，经受着武器出故障的煎熬。

评分：★★★½

与我们的预期相比，评论界对《蝙蝠侠 vs 蜘蛛侠》一片的反响颇佳。不过说实话，本片的评论员也太容易搞定了。看片期间，她几乎自始至终笑个不停，而且没有做任何笔记。比方说，她也许没有注意到平庸的照明和频繁出现的阴影问题，以及剧中服装多处不一致——举个例子，当时我出了许多汗，结果老是弄垮蝙蝠侠头上的角，那可是我靠摩丝在头发上弄出的造型。

因此，没错，跟别人一起鉴赏我们拍的影片怪得很。起初两三分钟，我一直滔滔不绝说个不停，东解释西解释：

“好吧，这里拍的只是我们画的卡通，因为我们试图展现漫画电影里……等等，镜头会重新聚焦的……嗯，因此是从展示漫画书中的图画开始……这儿，呃，厄尔正在苦思冥想，因为……我不知道。这下他抓狂了。好吧。左边的简笔画人物是‘蝙蝠侠’，如果认真审视，你会发现我们搞砸了。如果你盯着他看的时机正好，你就可以发现他，嗯，有用线条画出来的‘小弟弟’。嗯，就是生殖器。好啦，右边的‘蜘蛛侠’正在吃华夫饼，这条线索稍后会变得很重要，因为……”

紧接着，厄尔让我闭上嘴。

于是我一言不发地坐在那儿，把剧中的错处一一记下来，而瑞秋从头到尾不是咯咯直笑，就是喘不过气来，偶尔还笑得难以自控，仿佛一口沸泉。真是奇怪的经历，我不知道该如何看待。我觉得这基本证实了我的预想：如果你拍了一部电影，你不能跟任何熟人一起观看，因为他们的意见会有偏差，一文不值。我的意思是，能哄人一乐固然很妙，但如果瑞秋根本不认识厄尔和我，她会认为这部电影笑料百出吗？说不好吧？

因此，这只能证明把我们的电影给别人看纯属犯傻。但我们最终付出了极其沉痛的代价。

厄尔：还有牛排吗?

我：没啦，几天前我就吃光了。

厄尔：该死。

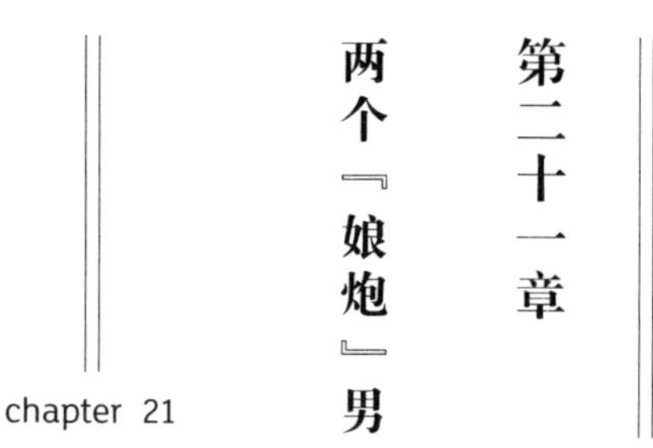

第二十一章 两个『娘炮』男

chapter 21

次日，瑞秋去医院接受注射，打了一针药物和放射性粒子之类的玩意。**当时我一点也没有料到，用不了多久，我就会跟她进同一家医院了。**

不过，“我一点也没有料到”到底是怎么回事？我根本不知道我马上会跟她进同一家医院，因为我本来就无法预见该死的未来嘛。我怎么会未卜先知呢？还说什么“我一点也没有料到”呢，上帝啊。

你可以在本书中随意摘出任何一句，如果重读该句的遍数够多，你也许会忍不住自行了断。

总之，瑞秋入院，厄尔和我则在家看《我与长指甲》[①]——一部晦

---

① 《我与长指甲》是一部 1987 年上映的英国黑色喜剧片，导演是布鲁斯·罗宾逊，又译作《威斯努尔和我》。

涩的英国电影，主角是两个动不动就买醉、嗑药的演员。他们在乡间度过了一个疯狂的假期，差点饿死。接着其中一人的叔叔出场，企图跟另外那名演员做爱。我和厄尔本来打算拍部新作，但《穆赫兰道》[①]的碟片还没有寄到我家，所以我们在老爸的碟片里找出了《我与长指甲》。《我与长指甲》颇有可取之处，于是我和厄尔就要不要翻拍它争执起来。

那片其实挺棒。主角威斯努尔常常发酒疯，让我们联想起《阿基尔，上帝的愤怒》中的克劳斯·金斯基，而且片中还有可以模仿的口音，我们简直激动坏了。总的来说，我承认厄尔学口音比我像样些，但这并不意味着他的口音就多么上得了台面。

“酒吧里的那个爱尔兰男人，他是怎么说那句话的？‘我说他系个娘炮’。”

“才不是。他说的明明是‘俺说他系朵娘炮’。”

“哈！”

“娘——宝。”

“哎哟。不对，但你这么念更搞笑。”

在其中一幕里，“娘炮”这词简直满天飞。后来我们发觉，这是个英国俚语，意思是“娈童者”。我们觉得，英国居然还有这种俚语词，实在有点乱来，但接着厄尔就指出，在美国，我们一天到晚都说“干你娘”，也一样让人觉得别扭。

---

① 《穆赫兰道》是由大卫·林奇导演的电影，发行于2001年，又译《穆荷兰大道》（中国台湾）/《失忆大道》（中国香港）。

“赶脚有头猪在我脑袋里辣屎。”

“俺怎么煮到俺们在干啥咧？赶脚有头猪在我脑德里辣屎。”

“我觉得这是另外一种英国口音。”

“是啊。这是《鱼缸》[①] 里的英国口音。”

《鱼缸》是我们最近看过的一部电影，晦涩难懂，主角是个非常离谱的英国女孩。我们爱死那部电影了。我们给片里的口音评个 A，各种十八禁评个 A+。

“说到翻拍……”

“片名要用上‘娘炮’这词。”

“没错，妙计啊。可以取名叫《娘炮骗局》。”

“见鬼，什么意思？”

“嗯……仿‘庞氏骗局’玩个文字游戏嘛，几年前的‘麦道夫案’[②] 不就是吗？”

“该死，你究竟在说什么？”

“没事。算啦。”

“片名用不着耍小聪明，我们大可以取名叫《两个娘炮男》。”

“不坏哟！”

“《娘炮男去度假》，一目了然。”

“无可挑剔。我觉得，你来扮威斯努尔的角色吧？”

“威斯怒儿。”

---

① 《鱼缸》是一部 2009 年上映的英国剧情片，安德里亚·阿诺德执导。该片获第 62 届戛纳电影节评委会奖和 2010 年英国电影学院奖最佳英国电影奖。

② 指伯纳德·劳伦斯·“伯尼”·麦道夫。

“真妙。我觉得，情节也蛮直截了当的。大部分时间，你只要买醉然后抓狂就行。”

“我还要演那个‘基佬’叔叔，画一抹假胡子，装作肥佬样子，嘴里说：小子，我是个‘基’到不行的男同，我对你很有兴趣。”

影片末尾，威斯努尔冲着动物园里的群狼厉声长啸。不知什么缘故，我们对这一幕念念不忘，于是决定先拍它。可惜，狼可不是随随便便找得到的。我们认定，厄尔可以拿“度皮”试试手，对着它长嚎——度皮是杰克逊府上那条吓人的大狗。也就是说，我们必须去厄尔家。

“等到完事的时候，我们也许该去医院探望一下瑞秋。”我们骑上车，厄尔说。

“唔。”我说，“嗯。不过我不知道医院准不准我们今天去探病，也不知道探访时段之类的玩意。”

“我给医院打过电话。”厄尔说，“七点之前，我们随时可以探视。”

真是出乎我的意料。骑车前往厄尔家的一路上，我一心琢磨着这件事。在内心深处，厄尔的人品显然比我好得多。但我依然没有料到他会劳神费力给医院打电话，询问什么探访时段。打一个五分钟的电话并不难，但除非有人逼我，不然我绝不会打。

我思前想后，情绪有点低落：我居然连个电话也没有给医院打，问问什么时候可以探视。看起来必须奋起直追，不然的话，对濒死的女孩来说，我将沦为史上最不称职的朋友。

基本上，我心里想的是：感谢上帝，还好有个厄尔。因为我在道德准则方面少根弦，必须靠厄尔指路，不然我要么一不小心变成个避世的隐士，或者摇身变成恐怖分子。是不是很胡来？我还算个人吗？鬼才知道。

内景　杰克逊家客厅－下午

麦克斯韦：把你那该死的裤腿放下来。

厄尔：我可是骑车回家的。

麦克斯韦：鬼才想看到你那怪里怪气的袜子。

厄尔：鬼才会在乎我的袜子。

麦克斯韦（恼火地）：鬼才想看到你那恶心的袜子。

进门的时候，我们正好碰见厄尔同母异父的兄弟麦克斯韦。厄尔的裤腿是挽起来的，惹得麦克斯韦火冒三丈。

为什么挽起裤腿会惹毛麦克斯韦？——如果你对此一头雾水，那完全可以理解。多年来，我已经发觉，几乎任何鬼事都能惹毛杰克逊家的任何人。

事因：《疯狂橄榄球 08》的游戏光碟被剐花了。

后果：麦克斯韦推着布兰登去撞电视机。

事因：湿气。

后果：费利克斯用德里克的前额蹭德温的脸。

事因：屋外有一只鸟。

后果：布兰登大步走来走去，一视同仁地向大家的睾丸送上重拳。

一旦混战爆发，家中无人可以幸免。不幸的是，软绵绵、慢吞吞的白人小子也在其列。于是，我在杰克逊大宅的条件反射变得箭一般飞快。只要有人脱下鞋去扇其他人的脸颊，或者有人伸出手肘撞别人的嘴，我便会立刻夺门而出。如果离门太远的话，我会想方设法躲在家具后面，但等到那件家具被人向墙壁推去，有时我也会连带变成贴墙的纸片人。

总之，麦克斯韦夹住厄尔的头，又趁他四处跌跌撞撞时揍他的脑袋。这阵骚乱引来了其他几个兄弟，其中包括布兰登，脖子上文着“真黑鬼”的十三岁小变态。他奔下楼梯，活像一枚长着胳膊的导弹。他露出利齿，一双眼睛牢牢盯紧了我。我不禁尖叫一声，转身落荒而逃。

麦克斯韦和厄尔正好挡了布兰登的道，因此直到我奔出门，布兰登才一胳膊肘撞在我头上。问题是，我激动过头了。当奔到门廊尽头时，我并没有跳下去，反而纵身一跃，脑袋先着地。

电影中有种惯例，当某人凌空飞行时，时间将随之减速。当事者因此得以观察环境中的一切细节，重新权衡其行为，甚至揣摩神之真义。无论怎样，该惯例很扯。其实吧，时间只怕会加速。我的双脚飞离了门廊，转眼，我就遍体鳞伤地躺在了水泥地上，摔断了一只胳膊。几乎又是眨眼间，布兰登站到了我的跟前。

“哟，黑鬼。”他用那还没变完声的公鸭嗓说，“嘿，笨婊子。”他兴味索然地踢了踢我。

“哎哟。”我说。结果惹火了布兰登，他用力踢了我一脚。

“他妈的，闭嘴。”他说。但第二脚踢得好痛，所以我尖叫起来。这下可好，布兰登啪啪扇了我几耳光。幸运的是，费利克斯刚刚赶到。

根据他那神秘莫测的逻辑，费利克斯的反应是一把拎起布兰登的脑袋，将他抛到了院子的另一头。

费利克斯向我转过身。我们彼此瞪视。他的眼神冰冷，充满嫌恶。

最后，他开口说了一句“他妈的，赶紧滚”，接着迈步进了屋子。

第二十二章 蜘蛛 vs 黄蜂

chapter 22

以上就是我跟瑞秋住进同一家医院的始末。不过，我们的病房分处两区，她的病房在化疗区，我的则在“摔断胳膊再感染”区。看上去，没人说得清我那只摔断的手臂怎么会感染，于是没过多久，我便闭嘴不再打听。我担心我会发觉护士们也不清楚其他一些基本的医学常识，比如皮肤缘何而来，或者如何做手术。

无论怎样，没错，我那只骨折的手臂感染了，于是我发起了高烧。一切都意味着我要在医院里待上好一阵子，而这又意味着会有访客前来探病。每个探病的宾客都有话要讲。

妈妈

- 真让人心疼，可怜的宝贝。

- 我们马上就来接你出院。
- 噢，我家让人心疼又勇气满满的儿子。
- 你一定闷死了吧?
- 给，我从你的房间和书房里随意挑了些书。
- 我把这些书搁在上次带来的那摞书上了啊。
- 功课不要落下哦。
- 一旦感觉有异，一定要告诉护士。
- 如果有一丁点头痛，一定要立刻传呼护士，因为说不定是脑膜炎呢。
- 我说了啊，说不定是脑膜炎。
- 脑膜炎可是一种致命的脑部疾病，住院期间有时你更容易……
- 算了，我不想吓到你。
- 只不过，如果你有一丁点头痛，记得叫护士。
- 我这话是有点大惊小怪，但说真的，记得叫护士。
- 你的手机能用吧?
- 让我看看它能不能用。

妈妈带着格蕾琴

- 我们想来看看你，给你打打气。
- 格蕾琴，你想跟你哥哥说点什么吗?
- 格蕾琴，乖乖配合个十五分钟会死吗?！
- 格蕾琴，这可不是在玩游戏。
- 我简直不敢相信，这种时候你居然还闹别扭。

• 去外面等着。你真的太差劲了，差劲得一塌糊涂，真希望我知道是什么缘故。再过五分钟我就出来。

• 上帝啊！

妈妈带着格蕾丝

• 格蕾丝画了一幅画给你！

• 画的是猫咪斯蒂文斯哟！

• 画的是什么？哦。

• 是只熊。

• 格蕾丝画了一只好漂亮的熊给你。

厄尔

• 你怎么样？

• 我跟教你的几个老师打听了一下。

• 你有篇文章之类的东西要写。

• 你得把某本书上的一堆问题答完。

• 哈罗德夫人说，不要担心周五的测试。等你回校，她会跟你聊的，她也祝你早日痊愈。

• 库巴利先生想让你在住院期间做测验，但我不清楚怎么考得成，所以我建议你别操心。

• 网飞公司（Netflix）把《穆赫兰道》给你寄过来了，所以我先看了看片。

• 那片真是胡来啊胡来，不开玩笑。

- 只要你一出院，我们就一起看。
- 真他妈的太疯狂了。
- 讲了些“女同”之类的事。
- 瞧瞧你。
- 等到出院，你保准是副弱不禁风的衰样。
- 一天到晚在床上躺着。
- 还干吗了？还干吗了？
- 哦，我又去看你女朋友了。
- 现在她的头秃得一塌糊涂。
- 她看上去真像没戴头盔的达斯·维达[①]。
- 化疗可不是闹着玩的，小子。
- 她问我要我们上次给她看的电影，所以我给了她几部。
- 记不清楚是哪几部了，反正我大概给了她十部左右。
- 哇哦。
- 你到底在吼什么啊？
- 你是认真的吗？你这话是认真的吗？
- 见鬼，赶紧定定神。
- 你马上给我镇定下来。
- 哥们儿，现在那姑娘体内有一大堆该死的化学物质，得有人好生哄哄她，给她几部片她开心得要死。
- 算了，我的意思是说，她也没有开心得要死，但她的脸上有了笑

① 黑武士达斯·维达，即阿纳金·天行者，电影《星球大战》中的重要角色之一。

容，也算有起色吧。所以别在我面前叽叽歪歪，劝我改主意。

- 是的，这就没错，镇定。
- 他妈的，你觉得我会拒绝一个得了癌症、时日不多的姑娘吗?
- 该死。
- 要是遇上这种事，盖恩斯老爹会认定是“情有可原”，对吧?
- 真该死。
- 瞧。
- 你确实蠢得不像话，但我深有同感。
- 你知道，我也不高兴把这些烂片给人家看。
- 但你总不能拒绝这姑娘吧?
- 我确实深有同感，但怎么说呢，你不懂她有多喜欢我们那些蠢片。
- 所以不要跟我叽叽歪歪。
- 好啦，我要走了。
- 早日康复，小子。

爸爸

- 啧啧。
- 你今天看起来容光焕发嘛!
- 不，我知道。我只是开个玩笑。
- 不，这样肯定不太好玩。
- 不过，你的日子确实过得挺逍遥，对吧?
- 随时有电视看、有人带吃的给你，还有堆成山的书呢。
- 不是所有待在医院里的病号都有这种好日子过的。

• 当初我在亚马孙流域住院，患者都被安置在同一间屋里。病患可没有电视，只能盯着趴在茅草屋顶上等待捕食猎物的毛茸茸的大蜘蛛。它离我们的脸大约只有八英尺。

• 那蜘蛛的大小跟拳头差不多。

• 牙上的毒液闪闪发光。

• 每一只都长着成百只小小的黑眼睛，在夜晚依稀闪烁。

• 它们还跟黄蜂恶斗！

• 黑暗中，有时黄蜂会扑向蜘蛛，双方在搏斗中扭打着跌到地上，又是叮咬又是扑打……

• 好吧。好吧。

• 仅供参考而已。

厄尔与德里克一道

• 怎么样?

• 怎么样啊？格雷格。

• 德里克说，嘿，厄尔，医院里有糖吃吗?

• 没错，我可得说清楚，如果没糖吃，我就拍拍屁股走人。

• 我们给你带了些彩虹糖和果味糖。

• 本来有三包，但我吃了一包。

• 是啊。

• 嘿，让我在你的石膏上签个名。

• 要是你不爱吃这些口味，你可以都还给我们。

• 好啦……哈哈！

- 该死，德里克，你他妈的在搞什么?
- 咪咪。
- 不是吧? 你居然在格雷格的石膏上画了一对光溜溜的“咪咪”。
- 不，这可不行，别跟我扯什么“没事”。
- 你真衰。
- 见鬼。
- 我们闪人啦。

麦迪逊

- 哈喽!
- 我和我的胸部跟你同处一室！ ！

是啊，麦迪逊·哈德纳去医院探望了我。事实上，我才不要继续像个傻子一样一条条列要点，我要好好讲讲麦迪逊来探病的经过。刚才有一阵，规规矩矩的写法让我腻歪，但现在列提纲的写法也让我腻歪。还真是进退两难哪，对吧?

如果读完本书以后，你到我家下毒手要我的命，我真的不怪你。

显而易见，麦迪逊并没有大大咧咧地说：“我是个迷死人的大美人，我还跟你同处一室呢。”但我的理解便是如此。她大可以不来探病，因此当她出现在门口，一头秀发剪了个短短的、性感的发型，身穿一件吊带衫，看上去艳光四射，我哑口无言呆了整整三十秒钟，一句话也说不出来。我不无心痛地意识到，长时间待在医院里让我愈加像团面糊，而且已达到了前所未有的程度。

“嗨，外星人研究员。”

“唔。”我说。

“我听说，你在出外勤的时候被外星人弄折了胳膊。”

有那么一会儿，我没回过神来她是什么意思，还担心这句话有点种族歧视，是针对厄尔的兄弟。但那只是因为我脑子不清楚。我明白，“辣妹害人思维短路”这种老掉牙的说法很烦人，不过说实在的，辣妹确实让人思维短路，仿佛她们会莫名其妙地散发神经毒气。不管怎么样，最后我终于记起她在说些什么了。

“噢，是啊。”

“哦？”

“刚才我忘了我讲的笑话。”

“你忘了？”

“嗯，我的胳膊折了。我在到处收集呕吐物。”

“没错，你就是这么告诉我们的。”

“是啊，当时某外星人激动万分地分享他的呕吐物，疯狂地到处乱抖触角，所以出了事。”

“听上去好危险。”

“真正的科学便是如此：极其危险。至少这个外星人感觉很内疚，所以让一个外星人兄弟来探望我。他的外星人兄弟在我的石膏上画了一个神秘的象形符号。来瞧瞧。在感动人心、无比优美的外星语言中，它代表的是‘我心悲戚，令千月无光’。不幸的是，对我们来说，它看上去就像一对‘咪咪’。”

说实话吧，没有哪个女孩会对乱涂的“咪咪”感兴趣。之前我已经提过，我的花招只对上了年纪的女人和相貌平平的女孩奏效。在辣妹面前，我就是个草包。但麦迪逊咯咯轻笑了一声，也许，那甚至并非出于客气。

紧接着，麦迪逊轻启涂着口红的朱唇说了几句话，我竟然一时没有反应过来。

“嘿，刚才我去探望瑞秋，她正在看你拍的电影。”

过了片刻，我才回过神来。突然，我觉得心头一紧。

“哦。嗯……是的。嗯嗯。”

“什么？”

“不，这……嗯，是的。噢。”

“格雷格，出什么事了？”

“不，没什么。嗯，我的意思是，没问题。”

“她真的很喜欢呢。”

“是……嗯，哪一部？”

我浑身冒汗，简直连耳朵也淌满了汗水。除此之外，头发仿佛正竭力连根拔起，从我的头上逃之夭夭。

“她不肯告诉我！她甚至不肯让我看。我一进屋，她就把它关掉了。”

好吧。好歹松了一口气。

“噢。”

“她还说，她不能把这些片给任何人看。”

好吧。感谢上帝。我还在抓狂——我正在想，麦迪逊知道我与厄尔拍电影，她一定会告诉其他人。用不了多久，这事就会变成人人心知肚明的、透着几分诡异的“秘密”。但麦迪逊的话进一步证明瑞秋明白我对电影的感受，又多多少少让人觉得有些安慰。

“她告诉我，不知道为什么，你和厄尔不想让人知道那些电影的事。”

瑞秋真的知悉我的心思，这一点毋庸置疑。真让人佩服。她不在拍电影这一行，但她居然花了许多功夫听我讲。依我看，她体会到了我对某些事情的感受。无法否认的一点是：当有人对你如此知根知底时，感觉其实挺贴心的。我逼着自己放松些。

“是啊。”我说，“我们在这事上是有点神神道道，堪称完美主义者吧。”

麦迪逊没有吭声，但她凝望我的眼神让我也不禁闭上了嘴。于是我们双双沉默了片刻。随后她说：“你对瑞秋真够朋友。我觉得，你如此力挺她，真是十分了不起。”

不幸的是，“辣妹神经毒气”正在此刻开始奏效。具体地说，我进入了“过度谦虚”模式。世上最蠢、最没用的玩意莫过于“过度谦虚”模式。一旦进入这种模式，你就非要跟捧你的人争个高下，以显示你多么虚怀若谷。说白了，你非要使出浑身解数说服别人，让人家同意你是个蠢货。

我简直活像蠢话界的托马斯·爱迪生。

总之，当时麦迪逊说：“你对瑞秋真够朋友。我觉得，你如此力挺她，真是十分了不起。”

显而易见，最佳回应理应是：“嗯，是吗？”

“你真该听听她是怎么夸你的。”

“我也算不上力挺她吧？”

“格雷格，说什么胡话呢？”

“不……我说不好。我到她家探访，一天到晚聊的都是自己。我都扮演不好倾听者的角色。”

“嗯，反正她很开心。”

“她也没有那么开心吧？”

“格雷格，确实是嘛。”

“嗯，我真的有点怀疑。”

“你不是开玩笑？”

“没开玩笑。”

“格雷格，是她亲口告诉我的。你是个很棒的朋友。”

“好吧，也许她只是撒个谎。”

“你认为她在撒谎？她为什么要撒谎？”

“唔。”

“格雷格。噢，我的上帝。我简直不敢相信你在跟我争。她爱死你拍的电影了，而你尽管不肯让其他人看那些电影，还是把片子给了她，这本身就非常了不起。给我乖乖闭上嘴。”

“我也只是说说而已。”

“她为什么要撒谎，夸你够意思？格雷格，太没道理了。”

“我说不好，女生很怪。”

“才没有。是你很怪。”

“不，怪的是你。”

“不，怪的是你，我才是唯一的正常人。”

这句话逗得麦迪逊突然笑出了声。

“哦，上帝啊，格雷格，你真怪到家了，我就喜欢你这么怪。”

记得我在上文说过什么吗？麦迪逊这类女孩恰似在林间悠然漫步的大象，有时会不小心踩死几只花栗鼠，自己却毫无察觉。目前正是这种时刻。因为老实说，我心中理性的一面深知一则亘古不变的实情：麦迪逊·哈德纳永远永远也不会跟我耳鬓厮磨。但那只是我心中理性的一面。谁心中没有傻里傻气、无理性的一面呢，又有谁能摆脱它？你永远也无法完全扑灭那一星半点傻兮兮的希望之火：尽管她可以跟本校任何一名男生约会（更不用提大学男生），尽管你看上去一副衰样，一吃起来就停不下，动不动就鼻塞，每天说一大堆蠢话，仿佛一家“蠢话”公司花钱雇了你，你依然希望这个女孩也许会喜欢你。

所以当那个女孩说“你真怪到家了，我就喜欢你这么怪”时，你也许感觉心花怒放，感觉如沐春风，但那只不过是你的大脑里正在发生古怪的化学过程。与此同时，你却被一头大象一脚踩了个稀烂。

当时麦迪逊一定发现我呆若木鸡，因为她立刻掉开了话头。

“不管怎样，我只是想祝你早日康复，呃……还有，你如此力挺她，我觉得很了不起。”她马上补了一句，“即使你不这么认为，但你确实让她很开心。”

“依我猜，她喜欢怪咖。”

“格雷格，我们都喜欢怪咖。”

我这只花栗鼠肝脑涂地，内脏在林间地面上零零落落，仿佛片片比萨和薯块。最操蛋的一点是：感觉棒极了。

当只花栗鼠真是天下最蠢的事。

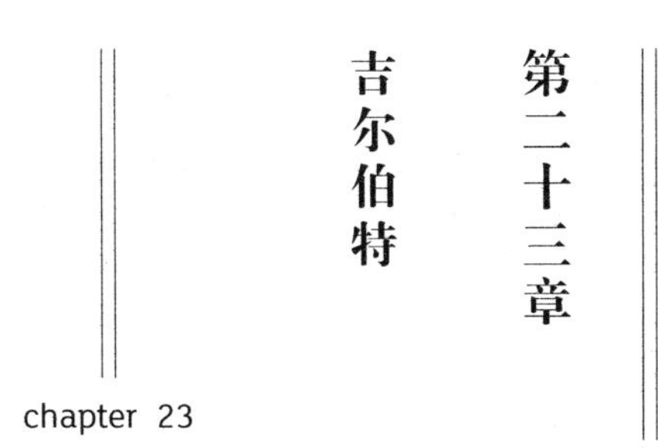

第二十三章 吉尔伯特

chapter 23

出院之前，我去探望了瑞秋。癌症病房看上去很像我住的病房，只不过那里的小病号更沮丧一点。确实是嘛，我总不能骗人吧？他们的脸色更加苍白，显得更加虚弱，更加瘦骨嶙峋，病得更重。那里有个小子（其实也有可能是个女孩子）闭着眼睛坐着轮椅，一动也不动，身边没有任何人照料，而我不得不强压下一阵心悸：如果那男孩其实已经咽了气，那怎么办？院方就这样任由死者躺在轮椅上不搭理吗？简直活像“噢，没错，这是吉尔伯特。他已经晾在那儿三天了！我们觉得他颇为警醒世人——哪个活人不会死呢”。

瑞秋显得比大多数患病少年气色好，但她秃得一塌糊涂。真的要花好一番功夫才能适应。每隔几分钟，我就望望她的头，或者只是想想她的光头，尽量忍着不去张望，紧接着我便会起一身鸡皮疙瘩。厄尔说得没错，那颗秃头确实很像达斯·维达摘下面具后露出的脑袋：雪白雪白，像被煮熟过，隐隐露出些青筋和纹理，还有点坑坑洼洼。

不过，至少她的状态还不错。她身体虚弱，声音沙哑，但见到我露出了微笑，眼中神采奕奕——我不知道该如何形容那种神采。也许那神采只不过是因为院方给她吃了些极其强效的止痛药。毕竟进了医院，谁说得清吃了什么药。

“嗨。”我说。

“你身上最妙之处在于，你不是个袜子玩偶。”瑞秋说。

她的话是《你好，好死不送》里的一句台词。《你好，好死不送》是我和厄尔恶搞詹姆斯·邦德系列电影的仿作，剧中每个人其实都是个袜子玩偶。不知为何，瑞秋引用那句台词跟我打招呼，听上去真是笑死人。

“呃呃，噗。”我说。

“多谢你来探望我。”

“呃，我只是碰巧在附近嘛。”

“呃，我听说了。”

拜那句《你好，好死不送》台词所赐，我不由得放松了一丝警惕。通常来说，一旦麻痹大意，你便会发现自己顺嘴说出了一生中最混账的话。眼下便是一例。

“是啊，我觉得，要是无缘无故就来探望你，看上去不是有点怪吗?所以我让厄尔弄折了我的胳膊。呃，好让我暗度陈仓，唔。厉害吧。”

哎哟，我的天哪。这句话一开始，我的“混账指数”是个扎扎实实的 4.0，倒是颇为正常，到了“暗度陈仓”一词，我的“混账指数”已经飙升到 9.4，句末则毫不费力地完爆 10.0。事实上，我的“混账指数”说不定已经破表。

毋庸置疑，我的那句话并没有哄得瑞秋心花怒放。

“也许，下次你再来探望我，用不着什么‘暗度陈仓’。”

“呃，我发现了，嗯，没错。”

“要不然，你根本没必要来。”

“不是这样的。你在说什么啊？”

“没什么。”

“我只是开个玩笑。”

“我明白。”

“嗷呜。”

我们双双哑口无言，所以我又“嗷呜”了一声。

“嗷呜。”

“那是什么声音。”

“北极熊在懊悔。”

她笑得喘不过气来。

“北极熊是自然界中最懊悔的动物。科学家们不清楚其中缘由，但说来说去，反正在动物王国中，北极熊最能表达遗憾之情。听听它们的声音多么动人心弦，多么余音绕梁吧——嗷呜呜呜呜。”

又笑又喘，咳嗽。随后瑞秋说：“其实你不应该逗我笑。”

“哎呀，对不起。”

“不，我喜欢北极熊，但只要一笑，我就会觉得有点痛。”

“瞧，现在我又后悔扮北极熊逗你，但这种后悔的感觉偏偏让我想要再扮北极熊逗你。因为，现在北极熊真的非常懊悔。”

她幽幽地笑了一声。

“北极熊什么都懊悔。他爱死了鱼和海豹，他们可是他的朋友。他恨死了自己不得不捕杀鱼和海豹，吃掉他们，但北极熊住在好远好远的北边，没办法去全食超市……”

她笑得喘不过气来。

“抱歉，抱歉。我必须悠着点。”

“哈哼哼。没关系。”

“好吧。”

又是一阵沉默。不经意间，我望见瑞秋那颗好似煮熟的秃头，于是又起了一身鸡皮疙瘩——也许是进门后第十四次吧。

“那你感觉怎样？”我问道。

“感觉很不错。”她说。她显然在说谎。她看上去还打定主意多说几句，好让我少担心她一些，但说话似乎让她筋疲力尽。“不过觉得有点虚弱。不好意思，刚才听你说需要一个借口来探望我，我就吼了你，我病了嘛。”

“我生病的时候对人也挺凶。”

“是吧。”

“你看起来很不赖。”我撒了个谎。

“才不是。”她说。

我说不好该如何接招。显然，我不能红口白牙非要咬定她看上去真的很不赖，毕竟她在医院里已经待了整整一个星期。谁住院整整一个星期还能看上去神采奕奕？于是到了最后，我说：“作为一个刚做完化疗的人，你看上去真的很不赖。”看样子似乎这话让她觉得还蛮顺耳。

“谢谢你。”

没过多久，探视时段结束了，一名护士走进病房让我离开。如果要说实话，我心里有点后悔，因为我觉得自己没能把瑞秋哄得心花怒放，忍不住想要多陪她一阵。如果你因此觉得我是个好心人，那我劝你还是省省吧。原因在于：哄瑞秋开心是我的拿手好戏，而如果有一套拿手好戏的话，你会忍不住一天到晚扎进去，因为它让你感觉如沐春风。所以，尽管我乐意陪瑞秋，但也是自私的缘故居多。

“等等，你的石膏上画的是什么？”到了车上，妈妈问道。

“哦，那些画啊。”我说。我的脑海中思绪奔涌，可惜一无所获，于是我不得不老实交代，“那是胸部。”

“真恶心。”格蕾琴尖叫道。我们驱车回家，接着我吃上了几天来的第一顿家常菜，可惜我的胃因此闹得天翻地覆——相信我，还是非礼勿听吧。

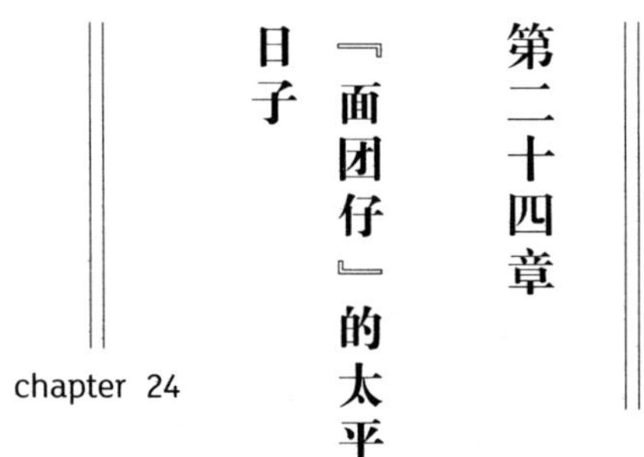

第二十四章 『面团仔』的太平日子

chapter 24

摔折胳膊是在十月的第二周或第三周；不管怎样，反正我觉得应该是。我可懒得再去查。我必须给你一个不愿去核实的理由吗？也许吧，真没劲。我有可能会托词说，该风波让人心里太难过，可惜的是，既然我大费周章写这本蠢书，刚才那个原因显然说不过去。真正的原因是：我懒。光是想想查找住院文件要花多大劲，我就觉得简直能要人命。所以，我懒得费神。

再说，给事情加个日期显得有点怪，会让这件事变得活像新闻，仿佛我的生活登上了堂堂《匹兹堡邮报》或《纽约时报》。

2011 年 10 月 20 日

“面团仔”康复出院

电影人心下宽慰，欢宴饕餮

肚皮乱颤招致猫咪袭击

实际上，没错。本书也许使我的生活显得比事实上更加丰富多彩，更加风波不断。书嘛，总难免致力于此。如果把我的生活浓缩成每日头条，你会更清楚我的日子过得有多么无聊又无序。

2011 年 10 月 21 日

“面团仔”悄然返校

作业堆积成山惹盖恩斯雷霆大怒

多名教师竟未察觉班上学生缺席长达一周

2011 年 10 月 22 日

寡然无味的一天

连晚餐也是剩菜

2011 年 10 月 23 日

虚胖少年设法用未折的胳膊练肌肉

举重锻炼：惨不忍睹

电影人脸朝下在地板上一动不动躺了数小时，方才重整旗鼓

2011 年 10 月 24 日

今日绝无大事

肚皮乱颤再招猫咪袭击

该学生参与了一系列空洞无物、不值一提的对话

也许在往生之后，你会被送到一间巨大的屋子，屋里装满一堆堆旧报纸。报纸由天使记者撰写而成，记录的正是你的一生，跟上文的格式一模一样。那也太令人丧气了吧！但愿其中至少有些标题写的是你生活中的其他人，而不仅仅是你自己。

2011 年 10 月 25 日

库什纳购买帽子

尴尬地紧盯人家的光头，过一阵也许会变成很烦人的事

戴帽子居然比达斯·维达式光头更让人心酸

2011 年 10 月 26 日

戒烟的杰克逊于午餐时间发表长篇大论

声称诸多人、物及概念理应“滚他妈的蛋”

长着土拨鼠脸的肥仔朋友：戒烟也许是个错误

2011 年 10 月 27 日

盖恩斯夫妇就大学问题发起新一轮谈话

据预测，电影人的大学申请将遭遇滑铁卢，盖恩斯夫妇称其成绩“令人失望”

不入流破校被纳入备选之列

我猜我住院期间，爸妈认定：跟我谈谈大学的时候到了。当然，这并不是我们第一次商量念大学的事宜。第一次是在十一年级期末，老爸走进我房间的那一天。他的脸上满是又羞怯又愤恨的神情——每当妈妈支使他做些烦人的苦差事，他脸上就有这种表情。

“哈喽，儿子。”当时他说。

“嗨。”我说。

“儿子，你有没有兴趣去参加一趟‘大学游’呀？”

“呃，没什么兴趣。”

“唔！”

“没错，我可不想去参观什么大学。”

“不去——你说不想去‘大学游’！我明白了。”

“没错，不去。”

不去“大学游”让爸爸开心坏了，他立即出了我的卧室，好几个月再没提起。尽管在此期间，大学的阴影向我越逼越近，但只要没人提，我当然乐得不理。

不知道为什么，我死活应付不了念大学这件事。我会试着琢磨一下，然后觉得嘴巴发干，腋下出汗，不得不转念去想别的事，通常是在脑海中切换到大自然频道：一群风姿曼妙的羚羊在茫茫草原上嬉戏，或者顽皮的河狸用树枝搭起一个精致的窝；或者是一部特辑，放映的是巴西丛林昆虫拼命互相撕咬的片段。总之，无论什么都行，直到感觉腋下不再像有一窝蜜蜂蜇我。

我说不清念大学为什么会把我吓得如此厉害——其实吧，这真是句弥天大谎。毋庸置疑，我很清楚原因。摸清如何在本森高中度日已然十分辛苦（要弄清楚整个社会环境，要找出一切避人耳目、安生度日的方法），而我基本已经使尽了浑身解数。跟中学相比，大学要大得多，复杂得多（无论各色团体、人物还是活动，都多得多），因此光是想想要应付那一切，我就吓得魂飞天外。我的意思是，大多数时候，你会跟同学住一个宿舍。他们怎么可能对你视而不见呢？面对同住一个屋檐下的人，你又怎么可能做到清汤寡水、人畜无害，让人转头就忘？简直连个屁也不能在屋里放，必须溜到走廊放。或者你永远憋住不放，但鬼知道会闹出什么事来。

因此，大学真的很可怕，我简直不愿意去想。可惜爸妈认定大学规划是头等大事，于是在我出院大约一周后，他们仿佛一对巴西丛林昆虫一样出其不意地伏击了我，把我往死里撕咬——只是打个比方而已。你明白我的意思吧？总之很让人烦心。

思来想去，我觉得干脆去念卡内基梅隆大学好了，那是爸爸教书的地方。不过爸妈很怀疑我能否申请得上，因为我的成绩差劲，也根本没什么课外活动。

“你可以向他们展示一下你拍的电影嘛。”妈妈提议道。

这主意真骇人，我不得不装死装了五分钟。在此期间，爸妈总算厌倦了吼我，双双离开了我的卧室。可惜听见我四处走动以后，他们又折返回来，我们不得不继续聊。

最后我们决定：我至少应该同时申请匹兹堡大学。在我看来，匹兹堡大学就是卡内基梅隆大学的同胞血亲，不过块头大一些，也呆一些。妈妈还逼我瞄一眼大学目录——“只是花个一小时坐下翻一翻嘛，好知道有哪些大学。”“又费不了多少功夫，是为了让你弄明白有什么选项，因为有许许多多不同的选项。”“如果你错过了最适合的一个，那不是很遗憾吗？”于是到了最后，我只好屈服——“行啦行啦，上帝啊”。

可惜的是，大学申请指南足有一千四百页，所以要我碰那玩意，休想。不知为何，好几天我都把它放在双肩包里随身带着，每次一眼瞧见它，都有一种腋下发痒的感觉。

有次去医院探访时，我犯了傻，居然跟瑞秋提起了大学申请。她对此兴致十足，于是我们不得不聊了好一会儿，真尴尬。

“显然，休·杰克曼又出健身新招了哟。”我想方设法分散她的注意力，“现在他比以前多了四块腹肌。”

休·杰克曼的腹肌居然没能把瑞秋的心思从大学上勾走，简直令人难以置信。可惜事实确实如此。

“也就是说，你想去念卡内基梅隆大学？”她说。她支起身子，盯着我的眼神比平常更加专注。

“我是说，跟其他大学比起来，我宁愿去那儿。”我说，“不过我爸妈认为我申请不上，所以我可能会去念匹兹堡大学。”

“你为什么会申请不上？”

“唔，我不知道。要想申请卡内基梅隆，除了漂亮的成绩单，还少不了当个辩论社主席吧。不然的话，总少不了创立一家流浪汉收容所。可我除了瞎混，什么课外活动也没有。”

我看得出，瑞秋恨不得提起我们拍的电影，但她终究没有开口。太棒了，因为我已经做好充分的准备——再次装死。可惜的是，在医院里，用装死这招来转换话题，看来不太行得通，毕竟不合时宜。再说，说不定恰好有人走进病房，结果误以为你已经咽气，接着就把你安置到一张轮椅上，摆到候诊室之类的地方。就好像吉尔伯特，那个坐在轮椅上、也许已经死翘翘的小子一样，本文在两千四百字前提到过他。

“说真的，对于念大学，我唯一的目标是不加入任何一个兄弟会。”我即兴发挥起来，“因为兄弟会的最爱就是挑个肥仔，把他绑上旗杆或者教授的汽车。所以我很担心会遭殃，毕竟那是他们的最爱。也许他们打算用皮带抽我呢。用皮带抽人其实‘基佬’到家了，但如果你说破这件事，他们一定会发飙的。”

不知道为什么，瑞秋并没有被逗笑。

“你不肥。”她说。

“我挺肥啊。”

“你不肥。”

瑞秋居然跟我唱反调，似乎有点蠢。因此，我使出了前所未有的一招。

“我认识的某人，他可不赞同你的话。”我说，“他的名字叫‘花生酱加肚皮’，再减去其中的‘花生酱’。”

“唔。”瑞秋说。然后我掀起衬衣，对她露出了肚皮。

跟不少肥仔相比，我不算太肥，但我百分百算个胖小子，无疑可以在肚皮上捏出两层“游泳圈”，让它扮成提线木偶讲话。

“对你刚才的说法，我要提出异议。”我的“肚皮”高声道。不知道为什么，它有一口美国南方腔，“你的指控让我备感丢脸和痛苦。另外说一句，你有没有堆得山一样高的墨西哥玉米片可以吃？”

在此之前，我还从未让我的肚皮跟别人说过话。放下身段要宝，只求博人家一笑，似乎并不值得。从这一点应该能够看出，当时我是多么想哄瑞秋开心。可惜瑞秋没有笑。

一边凶巴巴地对待你自己的肚皮，一边扮南方口音冲人吼已经够糟了，更糟糕的是，人家甚至根本没有被逗笑。

“要是没有墨西哥玉米片，牛排和蛋糕也马马虎虎将就。”我的肚皮又补上一句，但瑞秋脸上没有一丝笑意。

“你想去卡内基梅隆大学念什么？”她问道。

“鬼才知道。”我说。我还没有放下掀起的衬衣，只盼着她突然回过神来，察觉到我费了吃奶的力气逗她开心。但她似乎没有意识到。

她一声不吭，于是我一直没有住嘴。“我的意思是，反正大部分时候，去念大学时，你也不知道会念哪个专业。所以嘛，干脆选上一大堆课，挑出喜欢的科目，对吧？”

我不得不滔滔不绝，否则她会问起电影的事情——我看得出来。“基本上，跟自助餐差不多，那种贵死人的自助餐，只不过你必须吃光碟子里的东西，不然人家会把你一脚踢出去。从概念上讲，实在有点乱七八糟。如果自助餐厅真出了这种事，那简直难以置信。如果你正在想‘嗯，这些木樨肉有种白垩土的味道’，某个身材魁梧的中国男人却说‘吃光它，不然我们给你判个不及格，还要把你一脚踢出餐馆’，看上去可不是什么出色的商业模式。”

没有反应。没有笑得喘不过气，没有微笑。逊毙了。到了这个地步，我依然卷着衬衫衣角，只不过是死不悔改。因为很显然，瑞秋是不会被这招逗乐了。

“也就是说，你不知道你要念什么？”

瑞秋显然在把话题朝电影上引。但如果我的话不能逗笑她，管它呢。我决定出手扭转时局。

“不，”我说，“我的意思是，你准备念什么？”

瑞秋只是睁大眼紧盯着我。

“我的意思是，去念大学的时候，你准备念哪科？”

瑞秋扭开了头。那一刻我真该早早闭嘴，可惜我没有。

“你申请的是哪所大学？”

瑞秋紧盯着空白的电视屏幕，我则坐在那儿，用我又蠢又肥的肚皮冲着她。正在这时，我的脑海中闪过一道灵光：我真是个混账家伙。混账到家了，居然问一个濒死的女孩对未来有什么计划。世上最混账的事恐怕莫过于此了。上帝啊。我真想猛抽自己一巴掌，真想用头撞门。

尽管如此，与此同时，我心里依然有些埋怨瑞秋：她怎么能如此忧伤、敌意满满，害得我因为无法哄她开心而难受呢？

换句话说，基本上，我对房间里的所有人都很不满。我拉好掀起的衬衣，想要找个办法在不害死人命的前提下结束对话。

“对了，”我说，“我妈妈给了我一本厚得不得了的大学目录。要是你想读，我可以把书给你，其实我正随身带着。”

“今年我不申请大学。”

“唔。”

“要等到我身体好些再申请。”

“计划很周详。”

她还瞪着电视屏幕，看上去有几分茫然，又有几分恼火。

“也好，”我说，“因为这本书逊毙了。足有一千四百页，而且每隔几页就扯到某个得州基督教圣地之类的地方。”

我可以告诉你一件事吗？即兴瞎扯简直累死人。也许我应该悠着点。但我又觉得非要逗她开怀才行，否则这次探访就一败涂地。因此我再次扬帆起航，仿佛一往无前的航海冒险家。

“再说，那本书惹得我一肚子气，因为它会提醒我：反正哪所好学校我也进不去。比方说，如果翻到全书末尾，你会翻到耶鲁大学，然后就想‘噢耶，耶鲁大学，我要申请这所，因为这是所好学校’。好吧。可惜你转眼就会发觉：原来耶鲁大学要求平均绩点至少在四点六以上。没错，于是你又想，‘真该死，本森高中的平均绩点还达不到四点六呢’。”

瑞秋的态度似乎缓和了些，不过我感觉跟我的胡扯无关。但我依然决定讲下去——毕竟能消磨时间嘛。其实吧，这正是胡扯的最妙之处，并不在于它很逗趣（不过，瞎扯得好通常就会非常逗趣），最重要的是，它能够消磨时间，免得你开口谈些令人泄气的话题。

“是啊。随后你打电话给耶鲁大学的招生办公室，说：‘耶鲁大学，绩点要求四点六以上是怎么回事啊？’人家会说：‘嗯，没错。知道吧？如果你是个积极性更高一点的学生，你早就会发现普通高中里深藏着‘耶鲁秘密预校’。那里的教师个个是令人毛骨悚然的不死天才。在那种地方，你会取得四点六以上的绩点；在那种地方，你也能学会时间旅行的秘密。嗯，还会把普普通通的家庭用品变活呢。你可以把搅拌机变活！活过来的搅拌机会成为你忠实的仆人，为你取邮件，只不过它常常会一不小心把邮件绞个粉碎，因为它毕竟是一台搅拌机嘛。耶耶耶耶耶耶鲁。’”

“格雷格，你把书留下就好。”

很有可能，她不过是想赶我走。但至少她搭话了，而且态度不差。

“真的吗？”

“除非你想自己留着。”

“才没有。你在开玩笑吧？我恨这书恨得牙痒，太棒了。”

“嗯，我想读一读。”

我从背包里取出书来。丢掉这玩意真让人激动。再说，也许这本书能让瑞秋感觉多了几分生机。

“给你。”

“放在桌子上就行。”

“好啦。”

“好的。”

也许她的态度确实缓和了一些，但她依然没有开怀大笑，也不太搭理我，于是我有点心急，说道：“我来探病，却没法哄你开心，真是个混账东西。”

“你才不是混账东西。”

“有点混账。”

“嗯，如果你不乐意，其实不用来探望。”

这话听着不太顺耳。因为老实讲，我确实不太想一次又一次来探望她。当初她心情不错的时候，来探病已经颇有压力，现在她病得一塌糊涂，一天到晚窝着一肚子气，真让我不堪重负。举个例吧，我因此心跳过速。我坐在那儿，感觉一颗心咚咚直跳——当心率飙升时，你会有这种感觉。但我也知道，如果不来探望她，我会感觉更糟糕。

总之一句话，我的生活已经完全毁在这些事上了。

“我来探望你，并不是因为我不愿意来。”我说。因为这话狗屁不通，我又澄清道：“我来探望你，是因为我想来探望。如果我不愿意，那我干吗非要来呢？”

“因为你觉得非来不可。”

说真的，对瑞秋这句话，唯一可行的回应是撒谎。

“我才没觉得非来不可呢。再说，我傻得够呛，又没什么理性。所以有时即使有些必须去做的事情，我也不会乖乖照办。我压根不懂怎么过正常人的生活嘛。”

这个谎撒得不太圆，于是我再接再厉，又从头来过。

“我想来探望你，”我说，“你是我的朋友。”

紧接着，我说：“我喜欢你。”

那些话让人尴尬得不得了。以前我还从未对任何人说过这种话，很可能永远也不会再次对别人说起，因为这种话势必让你觉得自己是个傻瓜。

不管怎样，她回答道：“谢谢。”至于她的话是否真心，那就不清楚了。

“别谢我。”

“好吧。”

“我的意思是，对不起。太疯狂了，刚才我居然还吼你。”

我想闪人。但我知道，拍拍屁股就走会让我感觉自己很混账。我想，瑞秋对此有所察觉。

“格雷格，我病了。”瑞秋说，“最近我不太能开心得起来。”

“是啊。”

“你可以走了。”

“好的，是啊。”

“我喜欢你来探望我。”

“那就好。”

“也许下次我会感觉好一点。”

事实证明，她并没有感觉好一点。

上帝啊，我恨死了写这些。

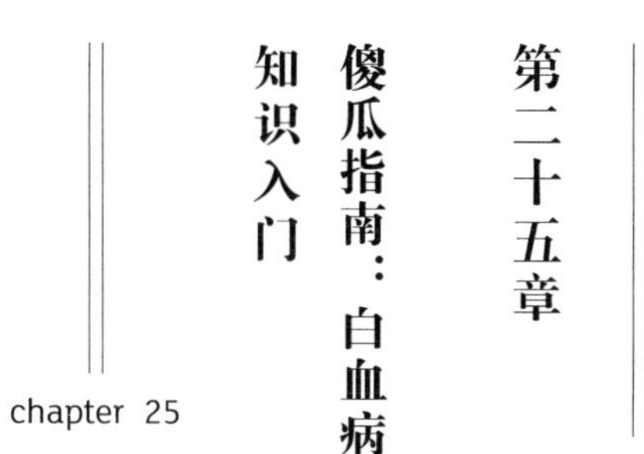

第二十五章 傻瓜指南：白血病知识入门

chapter 25

也许我该解释一下什么是白血病，以免你对此一头雾水。在瑞秋患病之前，我对“白血病”几乎一无所知，现在我多少了解了一些——坦白说，其实我压根不想知道这么多。

某些癌症局限于身体的某个部位，如肺癌，或屁屁癌。你可能觉得，世上哪有“屁屁癌”这回事嘛，但它确实属实。无论如何，对付上述癌症，有时人们可以使用手术深入体内进行切除。但白血病属于血液与骨髓癌症，因此遍布全身，也无法使用手术刀深入体内进行切除。我的意思是，用手术刀切除固然很吓人，很恶心，但治疗癌症的另一种方法是用放射手段和（或）化学物质杀灭癌细胞，那更加够呛。再说具体到白血病上，你只能采用全身性的治疗手段。

还用说吗？一定糟透了。

根据妈妈的说法，就像一座城市混进了“捣乱分子”（瑞秋的病让妈妈浑然忘掉了我不是个小屁孩）。无论如何，患癌恰似一座城市混进了“捣乱分子”，而化疗恰似往城里扔炸弹炸死坏蛋。在此过程中，城市的部分设施也会遭殃。我把妈妈的说法告诉瑞秋，她却不屑一顾。

“还不如说我患了癌症，”她说，“正在化疗呢。”

不管怎样，在炸死坏蛋的过程中，“瑞秋城”也无法完全躲开纷飞的弹火，尤其是“头发镇”“皮肤区”“肠胃区”等街区。正是这个缘故，瑞秋买了那顶帽子。那是一顶惹人爱、毛茸茸的粉色帽子，通常你会在购物中心跑来跑去的女孩头上见到，而不是在某些一天到晚躺在床上、脸色苍白的女孩的头上。

如果这是本循规蹈矩的书——讲述某位身患白血病的少女，那当瑞秋病得越来越重、越来越重时，我说不定会记下她说的一通又一通箴言妙语，我们还有可能堕入爱河，一起共度令人难以置信、回肠荡气的浪漫时光，而她会在我的怀中咽下最后一口气。但我不愿意对你撒谎。瑞秋没什么一通又一通的箴言妙语可说，我们也百分百没有坠入爱河。上次我犯傻以后，她似乎不再火冒三丈，基本上只是从怒气冲冲到不吭一声的程度。

我会去医院探望，跟她讲话，她有时微微一笑，有时咯咯笑出声，大多数时候却默默无语。于是我也变得词穷起来，我们便会放一部盖恩斯 / 杰克逊出品的影片一起看。开始播放的是近期拍摄的新作，等到我跟瑞秋看腻以后，便播放以前拍摄的老片。

跟瑞秋一起观赏我们的影片是种奇怪的体验，因为她太过全神贯注。我知道，上述说法听起来很蠢，但坐在她身旁，我感觉自己突然在透过她的眼睛观赏电影——我摇身变成了一名不挑刺的拥趸，真心实意地喜爱我与厄尔所做的一切愚蠢的选择。我并不是说，我学会了如何开开心心地去看那些电影，我不过是悟到了观众有可能宽恕我与厄尔犯下的一切缺陷和毛病，无论那些缺陷与毛病多么离谱。或许观众打量了一下不佳的照明、怪异的音响，注意力从片中故事上溜了号，却琢磨起了我与厄尔——作为操刀制作影片的电影人，我们一不小心吸引了观众的眼球。如果观众喜欢这个团队，便会喜欢那些电影。也许瑞秋正是从这个角度看待我与厄尔的所作所为的。

她其实一个字也没有提到，所以我也许只是瞎诌。

与此同时，瑞秋的病情似乎并没有任何起色。接连几天，她的心情都糟糕透顶，我居然一点忙也帮不上，比如某天我们正在一起看电影，她一直一声不吭，后来却开口说："格雷格，我觉得你说得对。"

"什么？"

"我刚才说，我觉得你说得对。"

"噢。"

她依然默默无语，仿佛认定我明了她话中的深意。

"我……呃，通常都说得挺对。"

"你不想知道你在什么事情上说得对吗？"

"嗯，好吧。"

也有可能，她并未认定我明了她话中的深意。

谁知道呢？女生们个个神经兮兮，濒死的女孩子更加神经兮兮。

嗯，这话听上去很不像样，当我没有说过好了。

“那我在什么事情上说得对？”

“我认为，当初你说我时日不多了，你说得没错。”

我真恨死了倒苦水，但她的话确实让我感觉很逊。我感觉火冒三丈：她竟然说出了这种话。我竭力咽下满腔怒气。

“我从来没有说过你时日不多了。”

“但你心里觉得我时日不多了。”

“不，我没有。”

她却默不吱声，让人怒火攻心。

“我才没有那么想。”我嚷得有点太过大声。

我的意思是，刚才我明明在撒谎，而瑞秋与我都心知肚明。

瑞秋终于开口了：“好哇，不过，要是你真的那么想，那你没有看走眼。”

她说完后，我们沉默了好一阵。其实我真想吼她；也许我真该吼她。

老天爷啊，我恨死了写这破事。

第二十六章 人肉佳肴

chapter 26

人的一生恰似一套颇为诡异的大型生态系统。若说科学教师热衷于把某事挂在嘴上反复念叨，那便是：生态系统中某部分的变化会牵一发而动全身。打个比方吧，假设我的一生是个池塘，再假设某些不可理喻的家伙（我妈妈）带着一条闷闷不乐、属于外来物种的鱼儿（瑞秋）出现，把她放进了池塘。池塘中其余生物（电影、作业）原本都能分到一定分量的海藻果腹（也就是过去我花在这些事上的时间），但眼下这条患癌的鱼儿一口气把海藻吃了个精光。因此，池塘里有点乱套了。

（以上一段简直蠢到家，害得我连删除也下不了手。顺便说一句，但凡你在本书中读到一件烦心事，就说明我大概写过四件诸如此类的玩意，并且已经删除，其中大多数与美食或动物有关。我意识到，我也许显得痴迷于美食与动物，谁让它们是世上最诡异莫测的两种事物呢？你不如坐下来，好生想想美食和动物吧。算了，还是罢手的好，因为你说不定会吓得魂飞天外。）

总之，以上便是我目前的遭遇。例如，我的家庭作业无疑遭了池鱼之殃，麦卡锡先生甚至将我叫到一旁训话。

“格雷格。”

“嗨，麦卡锡先生。”

“说条事实来听听。”

麦卡锡先生是在前往课堂的走廊上截住我的。他正当仁不让地站在我面前，站姿颇为令人费解，活像个相扑选手，只不过少跺了几脚。

“嗯……什么料都行吗？”

“什么料都行，但不得有半点差池。”

不知为何，最近我睡得不太踏实，因此搬出点真材实料并不容易。

“一条客观事实：生态系统某一部分的变化，嗯……将会牵一发而动全身。”

这则事实显然并未让麦卡锡先生心服口服，但他放了我一马。“格雷格，我要耽误你五分钟，给你一张字条，然后你就可以去上课。”

“听上去不赖。”

“就现在。”

“行啊。”

“你准备好了吗？”

“是的。”

“那好。”

我们走进麦卡锡先生的办公室。教师休息室尚未重新布完线，因此麦卡锡先生的书桌上还摆着“神器”，想必装着掺有大麻的汤汁。一见到它，我立即恐慌起来，生怕麦卡锡先生要拿偷喝汤汁的事情跟我与厄尔算账。等到麦卡锡先生说出这么一句话，我心慌意乱的感觉顿时更加强烈：

“格雷格，你知道我为什么带你来办公室吗？”

上述问题似乎找不出正确答案。再说，我也不善于应对压力——这一点应该不会让你吃惊吧？于是我张张嘴想说“不知道”，可惜惧意害得我喉咙干涩，只发出了一阵“吱吱”声。也有可能，我看上去活像快要呕吐了。如果麦卡锡先生知道我与厄尔已经发现他违法乱纪，像他这样一个神经兮兮、身有刺青的怪咖会闹出什么风波？老实说，光是想想就让我心惊。我坐在麦卡锡先生的办公室里，心中猛然悟到：尽管我确实挺喜欢麦卡锡先生的，但我也非常怕他，疑心他可能是个变态。

等到麦卡锡先生试图用他那色彩鲜明、粗壮有力的胳膊紧紧搂住我时，我心中的疑云不禁遮天蔽日。

我怕得要命，因此完全没有反抗，整个人软成了一摊泥。麦卡锡先生向我逼过来，搂得我差点喘不过气来。在那一刻，我脑海中万种思绪在不停地翻涌，其中一条便是：一点也没错，瘾君子们就爱用这类蠢办法取人家性命——把对方熊抱而死。瘾君子们是怎么回事啊？嗑药真是蠢到家了。

过了好一会儿（说起来有点尴尬），我才意识到麦卡锡先生其实只是给了我一个拥抱。

“格雷格，老弟。”过了片刻，他开口说道，“我知道你目前的日子多么难熬。瑞秋进了医院，我们都不是睁眼瞎。”

说完，他放开了手。因为我已经软成一摊泥，等他一松手，我差点一路滑到了地上。不过跟中规中矩的高中生们不一样，麦卡锡先生并不觉得别人跌倒十分逗乐。相反，他变得非常担心。

“格雷格！”他大喊一声，“放松些，哥们儿。你要回家吗？”

“不，不用。”我说，“我没事。”

我站起身。我们在椅子上坐下。麦卡锡先生的脸色显得非常担心。那种神情跟他格格不入，我忍不住有点分心，那仿佛一条狗对你扮出了人样，让你一时间猝不及防。你不禁会说：“哇噢，这条狗心中既有几分怀旧的忧伤，又荡漾着独一无二的暖意；我还不知道一条狗能产生如此复杂的情感呢。”

眼下，我对麦卡锡先生的感受便与此神似。

“我们都已经发现瑞秋对你的影响有多大。”麦卡锡先生说，“我们也听说了你花了多少时间陪她。哥们儿，你是个够交情的朋友。有你这样的朋友，对任何人来说都是福气。”

“没有那么厉害啦。”我说。麦卡锡先生似乎没有听见我的话，也许反而是件好事。

“我知道，目前学业对你来说不算头等大事。”麦卡锡先生接着说。他直勾勾地盯着我的眼睛，真的很让人心烦。“我明白，哥们儿。学生时代的我跟你差不多：我脑子灵光，才不会使出全身力气去念书呢，过得去就行了嘛。你的学业也一直过得去，直到最近，只不过呢……”

他朝我贴过来。我千方百计想象着学生时代的麦卡锡先生。不知道什么原因，在我的脑海中，他成了一名忍者。深夜时分，他在食堂里四处潜行，准备出手暗杀某人。

“嘿。最近你的学业很荒废啊——这是铁打的事实。我也跟教你的其他老师聊过。无论哪门课，你在课上都开小差，不参与互动，忘记做作业。其中有几门课，哥们儿，你可是深陷泥潭啊。让我再跟你讲一则事实：瑞秋——可不希望你不及格。”

“是啊。”我说。

说实话，我很恼火。我之所以恼火，部分原因是：过去麦卡锡先生与我之间的师生关系颇为不羁，绝不牵涉到现在这样态度恳切却令人恼火的对话。那种师生关系令人神往（不过，现在显然已经告一段落了）。另外一部分原因则是：我知道，麦卡锡先生说得对。我百分百没有做完全部作业；老师们已经指出了这一点。我一直没有理睬他们，但我总不能不理睬麦卡锡先生吧？因为尽管他是个神经兮兮的瘾君子，却依然算得上本森高中唯一一位通情达理的老师。

“哥们儿，就是这样。”麦卡锡先生说，“今年是最后一年，明年你就拍拍屁股毕业啦。让我告诉你一件事：熬到高中毕业，人生只会越来越妙。眼下不过是黎明前的黑暗而已，你得熬到望见曙光的一刻。高中是场噩梦，哥们儿，说不定是你一生中最难熬的岁月。”

我真不知道该如何回答。跟麦卡锡先生对视害得我头痛。

“所以你得打赢这一仗，不能输。目前你拥有世上最有力的借口，但你不能用，好吗？”

“好吧。”

“我会尽我所能帮你，因为你是个好小子。格雷格，他妈的，你确实是个很棒的小子。”

我从未听过麦卡锡先生爆粗口，因此这段经历至少有点激动人心。

不过，我那“过度谦虚”的习惯性思维实在难以抗拒。

“我也没有那么棒吧？”

“你绝对算个人物，”麦卡锡先生说，“就这么简单。去上课吧，带张字条去。我们都认为你势不可当……厉害得很。”

字条上赫然写着：“我必须跟格雷格·盖恩斯开个五分钟的短会，请原谅他从课上缺席。他是个厉害角色。——麦卡锡老师，早间 11：12。”

至于我家目前的情形，这段时间，格蕾琴有点闹别扭：只要爸爸跟我们同桌进餐，她就无法安生熬到把东西吃完的一刻。部分原因是，这段时间爸爸也有点闹别扭：他假扮“食人魔”扮得不亦乐乎。如果当天的菜肴沾了点鸡肉，他便会拍肚子宣布道：“人……人……人肉佳肴啊，吃上去有鸡肉的味道。”格蕾琴每每听得眼泪汪汪，气哼哼地跺着脚走出餐室。等到格蕾丝也开始扮“食人魔”以后，局面变得更加难以收拾——真是离谱到家，因为一个六岁小孩扮“食人魔”堪称一道绝妙的奇观。

嗯，这就是我家目前的情形。其实跟本书风马牛不相及，但我偏偏想写关于“食人魔”的事。

至于拍片，我说不清。厄尔和我并没有开始动手拍摄《两个娘炮男》。我们一起看了几次大卫·林奇的电影，于是深知他多么厉害，但不知什么原因，我们怎么也拟不出一个原创脚本。我们只是坐在那里，盯着笔记本电脑屏幕。之后厄尔会出屋抽支烟，我则跟着他。紧接着我们再折回来，继续一声不吭地瞪着屏幕。

或许你读着上文，不禁惊叹道：“哇，格雷格真的很为瑞秋难过，以至于他的整个人生乱成了一团糟。挺感人的嘛……”说真的，这话并不确切。又不是说我把自己关在房间里，满面泪痕，手里紧攥着来自瑞秋卧室的一个枕头，一天到晚听竖琴演奏。我并没有在露水未干的草地上徘徊，感伤地思量我与瑞秋本可拥有的幸福时光。原因在于：也许你已经忘到了脑后——我根本没有对瑞秋动过心。如果她没有患癌，我会花时间陪她吗？当然不会。事实上，如果她奇迹般地痊愈，今后我们还会继续交好吗？我甚至无法确定。显然，这一切听起来很骇人，但何必说谎呢？

因此，我并不伤心，我只是筋疲力尽。不在医院时，我因为自己没在医院哄瑞秋开心感到内疚；在医院时，大多数时候我又感觉自己是个没用的朋友，帮不上什么忙。因此不管怎样，我的生活都必然很操蛋。与此同时，我还感觉自己这副自艾自怜的德行活像白痴——时日无多的人又不是我，哪里轮得到我自艾自怜？

至少，厄尔有时还能哄我开怀。

外景　盖恩斯家后门廊－傍晚

厄尔（突然）：这么说，一个人可能是个异性恋者，或者是个同性恋者，我觉得我理解。打个比方，不就像长了一颗女人心，却有个男儿身吗？但我想了又想：他妈的，某些人自称双性恋者又是怎么回事？

格雷格：唔……

厄尔：哎哟，难道有人会说，那个美臀辣妹让我春心荡漾。噢，等等，搞错了，那边的小伙才让我把持不住。太扯了吧。

格雷格：有时候我也琢磨这事。

厄尔：该死。说真的，如果某人非说“我是个双性恋者，不管男人还是女人，都能惹得我春心荡漾”，哎哟，那天下还有什么鬼玩意不会惹他春心荡漾呢？

格雷格：我想，嗯……我的意思是，某些科学家认为，其实人人皆是两种性向都有一点的——同性恋和异性恋。

厄尔：狗屁。那样一点也说不通。你是想说，你瞧见一对美胸，结果把持不住了；扭头望见某小伙的恶心“小弟弟”，结果又把持不住了。你不是说真的吧？

格雷格：我确实办不到，不行。

厄尔（斩钉截铁地）：狗狗拉了泡屎——春心荡漾了；温蒂双层芝士汉堡[①]——春心荡漾了；毁天灭地的计算机病毒——春心荡漾了。

格雷格：还有《华尔街日报》商业版。

厄尔：那玩意才是惹人春情澎湃哪。

双双陷入沉思，一声不吭。

厄尔：嘿，我给你支个招吧。你想泡那个胸大得不得了的女生吧？

格雷格：没错，快说。

厄尔：你向她走过去，嘴里说：“小妞，你可能不知道，但我是个三性恋者哟。”

格雷格（犹豫地）：好吧。

厄尔：人家小妞说：你瞎扯什么？

格雷格：是啊。

厄尔：你说，是呀，三性恋者哟。

---

① 温蒂汉堡，美国大型汉堡包快餐连锁店。

格雷格：好吧。

厄尔：她说：“搞什么鬼。”你懂我的意思吗？

格雷格：我懂你的意思。

厄尔：总之，她感觉一头雾水。然后你就出绝招，你说：“‘三’性恋者哟，小妞，因为要是能跟你做爱，我简直‘三’生有‘幸’。”

格雷格：哦哦哦哦！

厄尔：“三幸”恋。

格雷格：这招我用定了。

厄尔：悠着点。

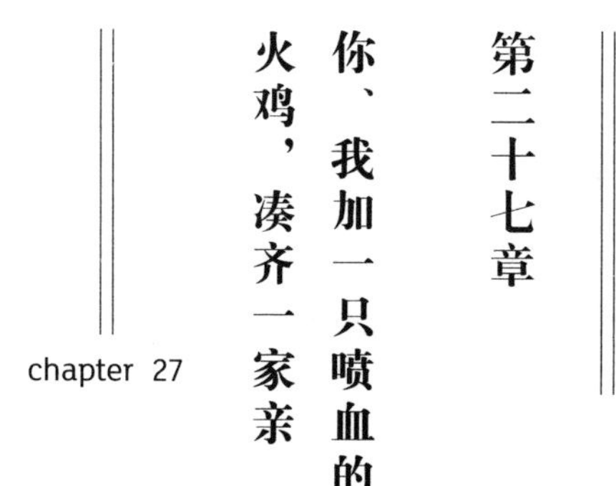

第二十七章 你、我加一只喷血的火鸡，凑齐一家亲

chapter 27

总之，目前我的人生真的开足马力驶向万丈悬崖，而且这甚至怪不到我妈妈头上！都是麦迪逊的错。妈妈与麦迪逊在我的生命中扮演着相似的角色，这一点无疑很操蛋。我千方百计不去使劲琢磨这破事，免得我的“小弟弟”从此再也没法威风起来。

事情发生在十一月初，当时我在走廊上，那段走廊挂着九年级学生的几幅大作，画的是清教徒移民和火鸡。这时麦迪逊冷不丁凭空冒了出来，一把攥住我的胳膊。我们两个人居然肌肤相亲，一点也错不了，具体说来，是她的手抓住了我的手臂。

突然，我好怕自己会忍不住打个嗝。

“格雷格，”麦迪逊说，“我想请你帮个忙。”

倒不是说，我正感觉到肚子里有股气要化嗝而出，只是在脑海中，我可以预见自己冲着麦迪逊打嗝，而且画面栩栩如生，说不定还会顺势从肚子里喷出点东西来。

“我发誓，你拍的片我一部也没有看过。”她的语气有点不耐烦，“不过瑞秋显然已经看过了，而且爱不释手。所以我有个主意：你应该为她拍部电影。”

我不太清楚她的话什么意思。除此之外，为了让自己不要一心挂念那个在嗓子眼探头探脑、足以毁天灭地的嗝，我正扭头望着一幅火鸡图——那幅图实在差劲。不知什么原因，火鸡全身上下似乎都在往外喷血，也许作者本来想画的是羽毛或万道艳阳吧。

“哼。”我说。

与此同时，麦迪逊发现我对她的主意不感冒，显得困惑不解。

“我的意思是，”她住了嘴，“你不觉得她会爱死这个主意了吗？”她又说。

“唔。”

“格雷格，你究竟在看什么？”

“嗯，对不起，我思想溜号了。”

“为什么溜号？”

我真的琢磨不出任何理由，简直跟嗑了药差不多。事实上，我不禁想起跟厄尔一起偷吃麦卡锡先生的越南河粉后莫名联想到了一只獾。于是我说：“嗯，不知道为什么，我的脑子里闪现着一只獾的图景。”

这些话刚一出口，我就恨不得狠揍自己一顿。

“獾？”麦迪逊重复了一遍我的话，“那种动物？”

“是啊，你知道吧？”我有气无力地说，紧接着补上一句：“就是有时脑海中突然浮现出獾的头像嘛。”

我真恨不得咽下一台重型机床。令人难以置信的是，麦迪逊没有理睬我的话，继续说了下去。

“所以我认为，你应该为瑞秋拍部片，毕竟她爱你拍的片爱得要命，一天到晚都在看。那些片哄得她十分开心。”

仿佛刚才那句关于“獾”的蠢话还不够，我亲口说出第二句蠢话的时刻突然降临了。事实上，是时候上演最不讨任何人欢心的桥段了——“格雷格·盖恩斯过度谦虚表演秀”。

“那些片也没有哄得她那么开心吧？”

“格雷格，闭嘴，我知道你受不了人家夸你。拜托就乖乖被夸一次嘛，因为我说的是真话。”

麦迪逊居然慧眼如炬地发现并记住了我个性中的某一面。真是惊心动魄，以至于我张嘴说道：“可不是嘛。”正因为如此，在“蠢话接龙——如何永葆处男身”一项上，我一举达成了个人历史上的三连胜。

“你刚才是说‘可不是嘛’对吧？”

“是啊，‘可不是嘛’。”

“哈。”

“其实就是，我同意。”

麦迪逊不愧心有七窍，居然靠这句话扭转了形势。

“这么说，你同意啦！同意拍电影！为瑞秋拍电影！”

见鬼，除了“好哇”，我到底还能说什么？

“嗯，没错。好哇！我认为这是个妙招。”

“格雷格，”她的脸上露出甜蜜的笑容，“真是棒极了。”

“说不定是部佳作！”

“我知道，你会拍出一部佳作的。”

于是我深深陷入了矛盾之中。一方面，全校最美貌善良的娇娃正亲口夸我如何出色，我拍的片子又是如何出类拔萃。这种感受让人飘飘然，可惜另一方面，答应下来的破事又让我心里直打鼓。实际上，我甚至说不清楚自己究竟答应下来了什么破事。

于是我说：“嗯。”

麦迪逊等着我说下去。问题在于，我根本不知道该说什么。

“不过还有件事。”我说。

“嗯哼？”

“那个，嗯……唔……”

“你说什么？”

“没什么……嗯……”

这个问题无论怎么问，似乎都显得有点像个白痴。

“你觉得这部片的主题应该怎么设呢？”我小心翼翼地问。

麦迪逊露出茫然的神情。

“你拍部片不就好了吗？”她说，“专门为她拍部电影。”

“没错。但是……嗯。”

“如果你是瑞秋，你想要部什么片——你照这样拍不就行了吗？”

“但那部片的主题应该是……嗯，什么呢？”

“我不知道！”麦迪逊开开心心地说。

“好吧。”

“格雷格，你才是导演。那是你的电影！”

“我是导演。”我说。我真的开始有点眼花，耳边隐隐传来隆隆的脚步声—— 一场大祸即将来临。

“我先走一步啦。很开心你答应了！”她欢呼道。

“好耶。”我有气无力地说。

“你最棒了。”她说着搂我一下，然后跑开了。

“呃。”当她走远再也听不见我的声音时，我打了个嗝。

墙上那只浑身喷血的火鸡摆出了一张臭脸，仿佛在说：“该死！我又浑身喷血了？”

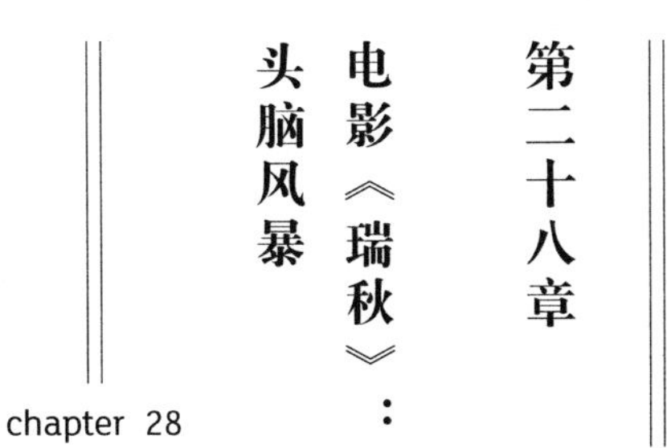

第二十八章 电影《瑞秋》：头脑风暴

chapter 28

对于如何拍这部电影，厄尔比我更摸不着头脑！但他把话说得比我明白多了。

“他妈的。”我这边竭力说清事情，他那边不停地嗫嚅。

“瞧，”最后他开口说，“你居然答应专为某人拍部片。要命，那到底是什么意思？”

“嗯，我猜……那意味着……哈。”

“没错。你根本不知道那到底意味着什么。”

“我倒觉得我有点头绪。”

“好啊，那痛痛快快地说吧，小子。”

我们在我家厨房里，厄尔把家里能吃的东西翻了个遍。如果此举没能让他有个好心情，至少也让他心情不坏。

“我的意思是，如果我们是画家，那随便画幅画当作礼物送给瑞秋，也就结了，对吧？照这个套路拍部片给她吧。”

“见鬼，盖恩斯老爹究竟把萨尔萨辣酱藏到哪里啦？”

“吃光了，我觉得。假如我们拍部空前绝后的电影，然后只做一份给她个独家，那怎么样？行得通，对不对？”

“小子，这不……噢，要命啊。”

“怎么啦？”

“这到底是什么鬼东西？”

“那……让我瞧瞧。”

“闻上去臭气熏天。”

“哇哦。是鹅肝酱。”

“你家没萨尔萨辣酱，我吃这玩意好啦。”

正如上文提及，维克多·Q.盖恩斯博士时不时会购买并冷藏各种畜禽肉制品，让厄尔万分激动。我使用“购买并冷藏”这种说法，是因为爸爸从来不把它们立刻吃掉。他热衷于让那些肉制品在冰箱里待上很长一段时间，好让家里其他人也能发现它们——也许世上再也找不出比这个习惯更让格蕾琴怀恨在心的了。然而，有对它厌恶至极的格蕾琴，就有对它一味追捧的厄尔。厄尔会一边吃一边说起那些肉制品多么恶心，借此表达他的赞赏之情。

“小子，那部片子要拍什么？我们还是没半点头绪哇。”

“是的，难就难在这儿。”

“没错。”

“唔。”

“比如说，我们可以拍本来就打算拍的那部大卫·林奇仿作，然后给瑞秋，不就成她的片了吗？但我觉得不是个好主意。”

“不是吗？”

“当然不是。那不也太离谱了吗？我们去跟瑞秋讲：嘿，瑞秋，来瞧瞧这部疯得没边的电影，讲的是‘蕾丝边’四处狂奔、幻觉连连等鬼事，是我们专为你拍摄的哟。”

“哈。”

“影片一开始，字幕赫然写着‘致瑞秋’。难不成我们的意思是：瑞秋，大卫·林奇是你的心头好，神神道道的‘蕾丝边’上演神神道道的桥段也是你的心头好。千万不要，太瞎扯了。他妈的，这又是什么鬼东西。”

“不，不，不要吃这个，这是墨鱼干。它可是我爸的最爱，他喜欢嘴里叼着它东游西逛。”

“我就吃一口。”

“你可以轻轻地咬一口，但只许一口。”

“嗯哼。”

“你觉得怎样？”

“哎哟，味道真让人不爽，尝起来有点……像是海底的……尿壶。”

“哈。”

“味道像海豚之类的鬼玩意。”

“这么说，你不喜欢吃。”

“我可没说。”

“哦。”

“是啊，百分之七十五活像海豚阴囊，剩下百分之二十五是化学物质。”

“这么说，你喜欢吃。”

“这玩意离谱到家了。”

我不得不同意厄尔的说法：我们不能随随便便找部片子来拍，至少得跟瑞秋的生活有某种联系。可怎么跟瑞秋的生活沾得上边呢？厄尔与我坐在厨房里，头脑风暴凑了一堆思路，可惜没有一个不蠢的。

那些思路真的很蠢。下文将向你展示蠢到哪种地步。我的意思是，真要命啊。

“你还要吃啊？”

“吃什么？”

“你总不能把墨鱼干全吃了吧？我爸还想吃呢。”

“他才不会吃呢。”

“他会的。”

“这玩意太恶心了。小子，恶心至极。”

“那你为什么还死活不肯剩点？”

“我不入地狱，谁入地狱。”

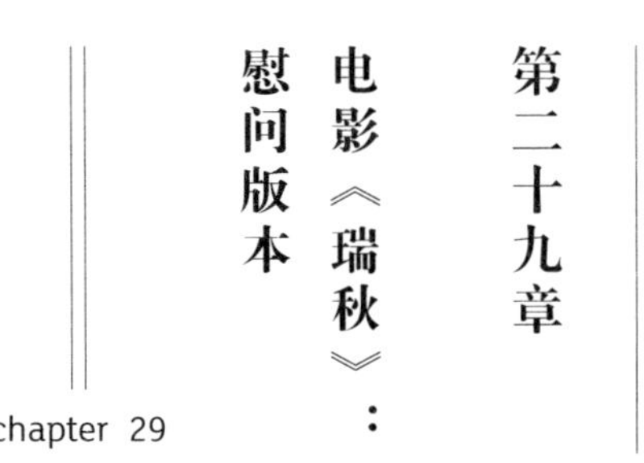

第二十九章

电影《瑞秋》：慰问版本

chapter 29

当“瘾君子”杰瑞德·柯兰库维奇在走廊上摇摇摆摆地向我走来，称我“斯皮尔伯格”时，我便明白我们的首个计划是个错误。

“你怎么样啊？屎皮尔伯格。”他皮笑肉不笑地高声喊道。

“什么？”我说。

“你们不是在拍部‘片儿’吗？”

“是啊。”

“我还不知道你会拍‘片儿’呢。”

“只此一部而已。”我回答得也许过于着急。

“从今以后，我就叫你‘屎皮尔伯格’啦。”

“棒极了。”

当天一整天，无数人对我东问西问，仿佛一次次轮番轰炸，杰瑞德不过是开了第一枪而已。

格林夫人，物理学 1："我认为你的举动……十分感人，而且……不同凡响。真的感人至深。"

琪雅·阿诺德："我表姐是患白血病去世的。我只是想说，关于你的女朋友，请节哀。你们在一起多久了啊？"

威尔·卡拉瑟斯："嘿，基佬！把我拍进你的基佬电影如何？"

A 计划是：收集全校所有人和犹太教堂全体成员的祝福，并且将之拍成一部片，呈给瑞秋。基本上，算是一部慰问电影，祝她早日康复。简单、温馨、上得了台面。听上去是条妙计，对吧？简直毋庸置疑。我与厄尔彻头彻尾入了迷。我们真白痴。

问题一：我与厄尔必须亲自拍摄，这意味着我们不得不对一个怀有敌意的世界披露自己拍摄电影这一事实。一开始，我问麦迪逊是否愿意帮个忙拍这些视频，也就是说，她是否愿意带着摄像机去教室，而不是由我和厄尔出面。结果说来说去，我居然说自己其实并不希望大家知道我在为瑞秋拍视频，这话惹得麦迪逊颇为伤心。结果我又说，自己并不希望大家知道我对瑞秋的感情，这话也惹得麦迪逊颇为伤心——说实话，我简直一头雾水。无论如何，麦迪逊坚持让我拍摄视频，而且把"噢，格雷格"念叨了大约七十遍，害得我私底下很抓狂，不禁落荒而逃。

于是我与厄尔计划于放学后在麦卡锡先生的办公室进行拍摄，然后不情不愿地告诉了几位老师。谁知道，消息以迅雷不及掩耳之势传遍了全体教师，又传到了他们学生的耳朵里，而且整整一个星期，这个消息每天早上都向全校公告。

嗯哼。整个高中时代，我好不容易辛辛苦苦成了个“隐身人”，但跟瑞秋结交后便连吃败仗，这次更有可能是致命的一击。当初我只是毫不出挑的格雷格·盖恩斯，谁知摇身就变成了“瑞秋的死党兼疑似男友格雷格·盖恩斯”。

这已经够糟糕了。目前，我又成了拍片的格雷格·盖恩斯。格雷格·盖恩斯，带着摄像机的家伙，追在大家屁股后面不放。格雷格·盖恩斯——说不定，此刻他正鬼鬼祟祟地偷拍你，而你既不同意，也不知情呢。

见了大头鬼。

问题二：拍出的素材不入流。首先，教师们太爱跑题。没有一个老师的发言足以进行剪辑。不少老师说起了**他们自己**生活中发生的种种悲剧，结果不仅在影片中用不上，而且害得录完后房间里的气氛变得相当尴尬。

至于学生，其中百分之九十二的发言都属于以下某几条：

- “早日康复。”
- “我必须承认，我跟你不太熟。”
- “我知道，我们并不常在一起玩。”
- “你跟我上同一门课，但我们还从来没有说过几句话。”
- “我其实对你一无所知。”
- “但我知道你内心够强大，这助你早日康复。”
- “你的微笑很动人。”

• “你的笑容很动人。”

• “你的眼睛很动人。”

• “我觉得，你的头发很美。”

• “我知道你是犹太人，但我忍不住还是想从《圣经》里引用几句。”

另外百分之八要么想要嘴皮，要么想独辟蹊径，那便更加不堪。

• “上第八堂课时，我为你写了一支歌，想唱给你听听。准备好了吗？可以开始唱吗？好的。瑞秋·库什纳 / 别逼她 / 她患有血癌 / 她也许想要放声尖叫 / 但她跟每个人都是朋友！ / 知道吧？她的生命不会结束！！”

• “今天我想，即使你真的时日无多，人生究竟算短还是算长，其实不过在人一念之间。一方面，从永恒的角度看来，人类的一生不过白驹过隙；无论你活十七岁还是九十四岁，即使活到两万岁（这显然是不可能的），也没有太大的差别；另一方面，从超纳米瞬间的角度来看，即使在幼童时期夭折，人的生命也几乎可以算是无限长。所以无论如何，活多久并不重要。我不知道你听完感受如何，仅供参考。”

• “格雷格是基佬。我觉得，他爱上你了，因此他应该算个双性恋者之类的吧。祝你早日康复。”

问题三：麦迪逊已经为瑞秋做好了慰问卡。

因此我们的招数毫无新意，这是其一。我们做的不过是视频版本的慰问卡罢了。

其二，过了一段时间我们才意识到，拍摄一条慰问视频并没有丝毫“盖恩斯 / 杰克逊”特色。谁不能拍摄慰问视频呢？因此这算是什么情深义重的大作呢？算不上。

我们拍片已经长达七年了。我们必须更上一层楼。

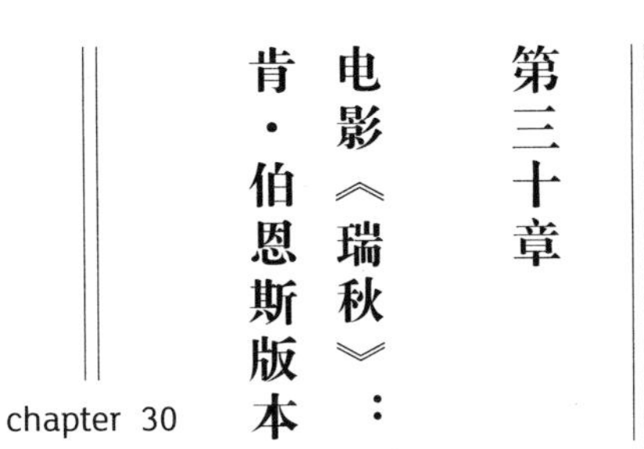

第三十章 电影《瑞秋》：肯·伯恩斯版本

chapter 30

肯·伯恩斯拍了一大堆关于某些事件的纪录片，比如内战。他并未亲眼见证内战，正如我们并未亲眼见证瑞秋生活中的绝大部分。我的意思是，其实我们也算在场，可惜我们没有注意她的生活。听上去很逊，但你明白我的意思。也有可能，确实很逊。我不知道。

这么说吧，我们又没有扛着摄像机跟在瑞秋屁股后面拍摄她的一生，以便最终剪辑出一部纪录片。你总不能怪我吧?

无论如何，肯·伯恩斯的风格是在电影中展示照片以及他人拍摄的镜头，再加上画外音、访谈之类。总之他的风格非常易于模仿，因此当我们发现慰问视频行不通以后，肯·伯恩斯式纪录片版本便成了我们的B计划。不幸的是，我们的采访对象数来数去也只有一个：丹妮丝。丹妮丝最近的日子偏偏不太好过。她的独生女患了癌症，瑞秋的父亲（之前我可能忘了提他）跟她们母女二人又不亲近。

采访丹妮丝堪称一场噩梦。

内景　库什纳家客厅－白天

格雷格（画外音）：好，丹妮丝。你能讲讲瑞秋出生时的情形吗？

丹妮丝（心烦意乱地）：噢，瑞秋出生时。

格雷格（画外音）：是的。

丹妮丝：瑞秋出生时，真是折磨人哪。（令人费解地高声说道）她一向没什么斗志，一直是个安安静静的女孩，温柔体贴，从没想要抗争。现在我真不知道该怎么办，我没办法逼她去跟病魔抗争，格雷格。

格雷格（画外音）：嗯，没错。

丹妮丝：我抚养长大的女儿温柔体贴，又……可爱动人，但为人并不刚强。

格雷格（画外音）：她小时候什么样？当时她有最爱的玩具吗？

丹妮丝（魂不守舍地）：她爱……读书。（让人不安地顿了顿）格雷格，我是个好妈妈，但我不知道如何让她熬过这关。感觉……仿佛她不想再活下去。万万不可啊。

格雷格（画外音）：嗯，这么说，她小时候就爱……读书。

丹妮丝（坚定，但又有点机械地）：我是个好妈妈，我没有辜负她。

我们也曾试图打电话采访瑞秋的外祖父母，但那也许算是一场更令人泄气的败仗。

“喂？”

“嗨，卢波夫先生……我是格雷格，瑞秋的朋友。”

“你是谁？”

“您孙女瑞秋的一个朋友。”

“谁的朋友？”

“您的孙女。瑞秋。”

“等一下。（珍妮丝，电话是找你的。我是说：是找你的，电话是找你的。不，我不知道是哪里。电话！珍妮丝。）”

“……”

“请问哪位？”

“嗨，我的名字叫格雷格。是您孙女瑞秋的一个朋友。”

“瑞秋跟……瑞秋跟她妈妈住啊。”

“我知道……我正在拍一部纪录片。关于瑞秋的纪录片。”

“你在拍一部——唔。”

“我不知道您是否介意回答一些问题？”

“你说什么？”

“我可以问您关于瑞秋的一些问题吗？”

“问她妈妈丹妮丝去啊。”

“是拍电影用的，好让瑞秋开心开心。”

“嗯，我不知道你是谁，也不知道该如何帮你。但要是你想找瑞秋，她跟她妈妈丹妮丝住。”

“唔……好的，谢谢。”

我挂断了电话，因为听上去，瑞秋的外祖母马上就要哭了。不过，有时老奶奶听上去就是那样。无论怎样，总之是种难忍的煎熬。

可供剪辑的现成素材也不多。丹妮丝给了一部假期视频让我们瞧瞧，但我们实在不太愿意用。

外景　爱德华王子岛海滩－白天

天色灰暗。沙滩一片阴沉，仿佛刚下过雨。看上去，不久还有一场雨。瑞秋沉沉地坐在一条垫巾上，无所事事，面对着大海。

丹妮丝（画外音）：嗨，亲爱的！

瑞秋转身面对着镜头，一句话也不说，脸上毫无表情。

丹妮丝（画外音）：我们在风景优美的爱德华王子岛上。这是瑞秋，那是比尔。

镜头切换至比尔，他身旁摆着一把遮阳伞。他躺在一把沙滩椅上，沙滩椅带有两个啤酒托，两个啤酒托上都摆着啤酒。

比尔（过于大声地）：我们真是很开心哪。

丹妮丝（画外音，装出开心的语气）：因为天气不佳，比尔的脾气有点暴躁！

比尔：丹妮丝，你能不能把那破玩意关上啊？

丹妮丝（画外音）：你能试试好好开心一下吗？

比尔：那你以为我现在在做什么呢？

这么说吧，如果我是瑞秋，躺在床上受苦受难，这段视频绝非我想在某部电影中见到的场景。

实际上，我们照搬肯·伯恩斯手法收集的素材没一条上得了台面。简单说来，我与厄尔想为一个年纪尚轻的女孩立传，她的人生迄今为止并没有多少波澜。我知道，这听起来很糟糕，却是实情。没有一条素材让人看得下去，其中有不少还很折磨人。

总之，拍部纪录片追溯瑞秋的一生是桩十分累心的活，因为我们虽然没有明说，但拍这部纪录片的言外之意便是：你的一生已然走到了尽头，因此我们可以做个总结。给，这部片便是你一生的缩影。很有可能，世上再也找不出比这些更刺耳的话了。

因此我们需要新招，一个好得多的招，否则我们还是自行了断算了。

与此同时，瑞秋的情形一塌糊涂。我的意思是，她的病情没什么起色。

内景　医院病房－傍晚

格雷格：今天我在想，吃糖果的时候，草莓味是我的最爱。但我对草莓并不感冒啊。然后我意识到，草莓味糖果吃起来其实一点也不像草莓。那它究竟像什么？这种滋味肯定是存在的，对吗？世上有某种美味又神秘的水果，我却毫不知情？我要吃它，知道吧？真想大吃特吃。接着我转念一想，难道某种动物吃起来是这种滋味？比方说，你吃了头海象，海象的味道棒极了，但糖果的生产商总不敢大张旗鼓地宣称这是“海象味糖果”吧。

瑞秋（有气无力地）：没错。

格雷格：哟，这是只新枕头吗？我觉得这个枕头是个女生呢。嗨……（私语道）你介意把我介绍给她吗？她倒是完全不介意哟。如果很尴尬的话，你也不用勉强。

瑞秋（也许是想笑）：咳咳咳。

格雷格（突然惊慌失措）：天哪，我居然忘了。现在几点钟？五点多了吗？我还得跳“鸽子舞”呢。不好意思，我最近靠这种新方法锻炼、养生。（摆出斗鸡眼，不住地点头，昂首阔步地走。）鸽子人，鸽子人，走路像鸽子。鸽子人，翩然从高空掠过，拉屎落上你的头。他是鸽——子——人。

瑞秋：格雷格，你不必——想方设法哄我笑。

格雷格：什么？

瑞秋：你用不着——做戏。

格雷格（感觉很逊）：好吧。

第三十一章 电影《瑞秋》：袜子玩偶版本

chapter 31

C 计划是使用袜子玩偶。

首先，我不得不说，其实与其口碑相比，袜子玩偶的情感与表现力要丰富得多。套只袜子在手上扮人脸的办法数不胜数。其次，如果你在眼睛上方画两道眉毛的话，人味儿又会浓几分。玩偶的嘴巴可不能搞砸；如果没搞砸，那你必是大师。

说归说，C 计划其实是一部以癌症为主题的影片，主角由袜子玩偶出演。因此从一开始，它几乎便注定在劫难逃。

一旦决定尝试袜子玩偶，电影情节就成了我与厄尔的首要问题。如果把“瑞秋”设定成本片主角，她会有什么表现？她会把哪个坏蛋打得满地找牙？她会把白血病收拾得服服帖帖吗？

内景　五光十色的硬纸板景色 – 白天

瑞秋：啦哩嗒哩嗒。

小白（披着斗篷，长着小胡子，说话带有南方口音）：你好哇！

瑞秋（猜疑地）：唔。你是谁？

小白：嗯……我是“小白”。

瑞秋：你的全名叫什么呢？

小白：白……唔唔嗯。

瑞秋：我听不清。

小白：白血病。

瑞秋：乖乖挨揍吧。

就凭这部片，我们比贾斯汀·豪威尔又强到哪里去？人家那个戏剧迷还写了一支歌，歌唱血癌如何让瑞秋放声呐喊呢。我们说不好。

内景　五光十色的硬纸板景色 – 白天

白血病（面对镜头讲话）：各位，这是一则公益广告。我是白血病。我专爱找儿童和青少年的麻烦，因为我极度可悲。以下是我讨厌的东西：

——各种美食，比如比萨。

——无比惹人爱的熊猫宝宝。

——如果有人把一个巨型泳池摆满香喷喷的橡皮球，好在里面开心嬉闹，我也会一肚子怨气。

这件事知道的人不多——世上最让我倾心的是制作粗劣的汽车广告，背景音乐还是俗气不堪的吉他曲。

瑞秋嘴里叼着一根棒球棒，一边猛揍小白一边鬼叫。

幼稚极了，简化极了，百分百不着边际，看上去活像专供学步小孩看的电视。更糟的是，这部片是个愚蠢的弥天大谎。瑞秋才没有对抗血癌，她对跟疾病斗争不感兴趣。看起来，她似乎已经放弃了活下去的努力。

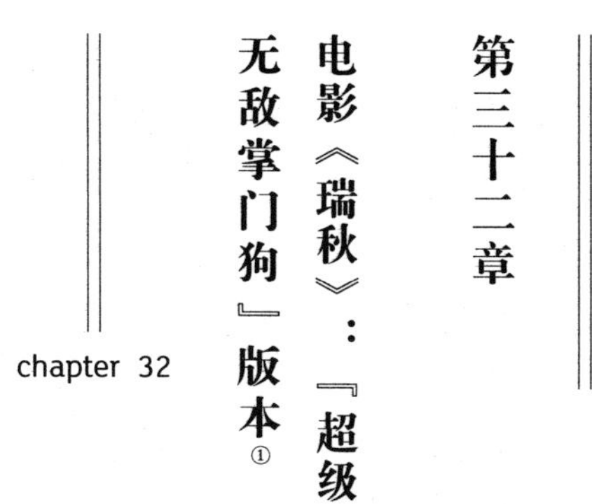

第三十二章

电影《瑞秋》：『超级无敌掌门狗』版本①

chapter 32

D计划是制作定格动画。在定格动画中，人们先拍摄一帧图像，然后将角色略微移动（也许也略微移动镜头），拍摄另一帧图像，接着再行移动，周而复始。制作定格动画既辛苦又费时，不过说到加分项，“乐高”达斯·维达玩具好歹可以派上用场。

我与厄尔想让瑞秋看看片中的一帮坏蛋大谈特谈他们多爱血癌，因此生一肚子气，就此立志反击。这个创意拍出的电影简直不堪入目。

内景　“乐高”死星－晚上（太空之中乃永夜）

轻音乐。隐约可见“乐高”风暴兵在四处徘徊。

达斯·维达（自演自唱）：啦啦啦，我是个蠢货。嘀嗒嘟，是个大

---

① 超级无敌掌门狗：英国黏土定格动画系列喜剧电影。

混蛋。（面向摄像机）噢！你好！刚才我没有看见你。我名叫达斯·维达，担任“白血病恶棍痴爱后援会”的主席，简称“白痴会”。

左下角打出字幕：

白

血

病

恶

棍

痴

爱

后

援

达斯·维达：我们会员一致认为白血病了不起。不过我说了不算！来瞧瞧让人心烦的海盗说了些什么！

外景　“乐高”海盗船－白天

海盗王：哇呀呀！无与伦比的一天，右舷堪堪掠过深海阎王那腐烂生蛆的胡须！！戴着一双眼罩的比尔尚未在海天之际望见庞然大物海怪那丑陋的触手——给我把船身中部的所有大炮向后掉头，擦洗干净甲板，你们这些下三烂的臭猪猡、臭鼠辈！！！

内景　“乐高”死星－晚上

达斯·维达：唔……好吧。

内景　格雷格的书桌－白天

蛇王塑料人偶（用蛇的口音说道）：我是蛇王，眼镜蛇大帝，邪恶的眼镜蛇指挥官！白血病是我的世间至爱！因为我爱白血病爱到骨子里了，现在我就要去跟我亲姐姐“男爵夫人”好好亲热！你一眼就能发现她是个蛇蝎心肠的毒妇，因为她的姓氏里嵌进了“眼镜蛇”一词！[①]

男爵夫人：我爱死了跟我的混账弟弟亲热！因为我恶心到家！！

蛇王：再说一遍，我们如何接吻？

男爵夫人：见鬼，我张不开嘴。

蛇王：我也不行。

男爵夫人：那我们接个鬼的吻。

内景　死星－晚上

达斯·维达：我们爱死了血癌，还用说吗？！还不信我的话？要不你向这只打转的狼蛛镇纸打听打听？

内景　格雷格的书桌－白天

狼蛛镇纸是一只镶在玻璃中的死狼蛛。定格动画的妙处在于让镇纸转圈。

---

① 在英文原文中，男爵夫人的姓氏嵌进了“眼镜蛇”一词。

转圈的狼蛛镇纸（莫名其妙带有德国口音）：世上没有什么比白血病更让我开心的了。

上帝啊。

总而言之，这便是D计划。或许它还过得去；我不清楚，但我对此表示怀疑。我清楚的是，拍摄定格动画要拍到天荒地老，而且感恩节前没几天的时候，瑞秋与丹妮丝决定不再化疗，不再住院，不再进行治疗。她们决定顺其自然。

在这种关头，我真的不知道该怎么办了。

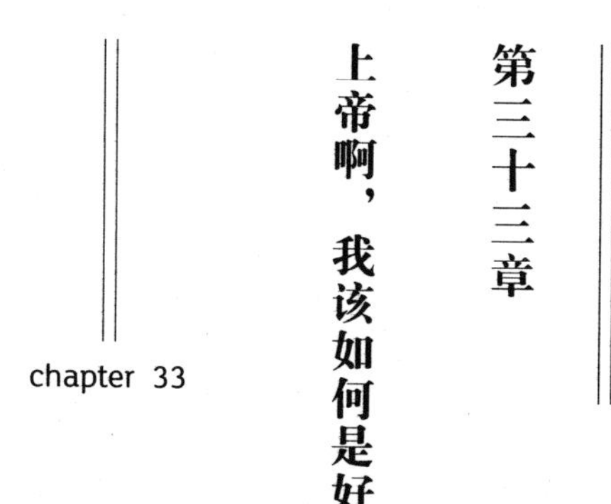

第三十三章 上帝啊，我该如何是好

chapter 33

瑞秋又搬回了她的卧室。显而易见，局势起了变化。实际上，最初几天她心情很不错。她回家的第一天是个周五。时值 11 月下旬，但天气还不算冷。

“院方已经不再给我注射化学物质啦。”她解释说。

“化疗结束了吗？”

“化疗似乎对我没有什么好处。”

我们默默地咀嚼着这句令人毛骨悚然的话。鬼使神差地，我开口说：“反正对头发没什么好处。”我原本是想缓和一下压抑的气氛，结果当然害得气氛更压抑。无论怎样，瑞秋居然笑了。笑容跟以往有点不一样，仿佛她一边笑一边不得不咧嘴，因为笑起来痛得厉害。我居然管住了自己，没有去琢磨这件事。

没过多久，我便开始滔滔不绝，倒也没有过于卖力地哄她笑。一时间，时光仿佛回到了她入院之前，气氛十分凝重。我们躺在她那间光线幽暗、贴满海报、摆满枕头的卧室里，我没完没了地谈着自己的生活，而她一心倾听，沉浸其中，似乎一切一如平常。此时此刻，倒是真有可能不再想起她已经决意迎接死亡了。

顺便说一下，当某人中止癌症治疗，而你偏要指出这个决定等于自寻死路的话，那所有人都会冲你发飙。举个例子吧，比如妈妈。我简直提也不愿意提。

可惜，就这样。

“格蕾琴还真是抽风啊。”

“是吗？”

“是啊。那个年纪的女生全都神经兮兮，动不动就尖叫、跺脚，有些时候简直不可理喻。你十四岁的时候是这副德行吗？”

“有时我会跟我妈妈闹。”

“格蕾琴居然跟猫咪斯蒂文斯斗气。她去摸猫咪，猫咪发飙了，咬了她一口——它不是一直这么干吗——结果她突然就变脸了，‘噢，上帝啊，他妈的，我恨死蠢猫斯蒂文斯了。’她说猫咪看上去像只大鼻涕虫。很明显，猫咪斯蒂文斯看上去确实像只大鼻涕虫，但这不正是它的魅力所在吗？”

“它的魅力在于看上去像只鼻涕虫？”

“是啊，它身上的颜色不就跟有条纹的鼻涕虫一模一样吗？它简直堪称鼻涕虫界的咬人冠军。”

我觉得，要我把她已决意迎接死亡一事完全抛到脑后，其实不太可能。因为我们聊着天，这件事却一直萦绕在我的心底深处。想到瑞秋即将不久于人世，我不禁觉得心中发紧。也许也不算心中发紧，只是害得我心里沉甸甸的，有点喘不过气来。

终于，瑞秋说："你最近新拍的片子怎么样了？"

"哦，最近新拍的那部！好哇。挺好哇。"

"真想看看。"

她的神情让我恍然大悟：她早已知情。我的意思是，我居然觉得瑞秋不会发现，那不是自欺欺人吗？

"嗯，唔……嘿，我想告诉你：那部片是献给你的。嗯，它是一部关于你的片，嗯，没错。"

"我知道。"

我竭力保持镇定。

"哦，你已经知道了？"

"是啊，有人告诉我了。"

"哦，是谁呢？"我的嗓音又响又尖。在那一刻，其实我听上去有点像丹妮丝·库什纳。

"我说不清。麦迪逊告诉过我，妈妈也隐约提了几句。还有安娜、娜奥米、厄尔。有那么几个人吧。"

"唔。"我说，"嗯。这倒提醒我了。我得去跟厄尔谈件事。"

"好啊。"瑞秋说。

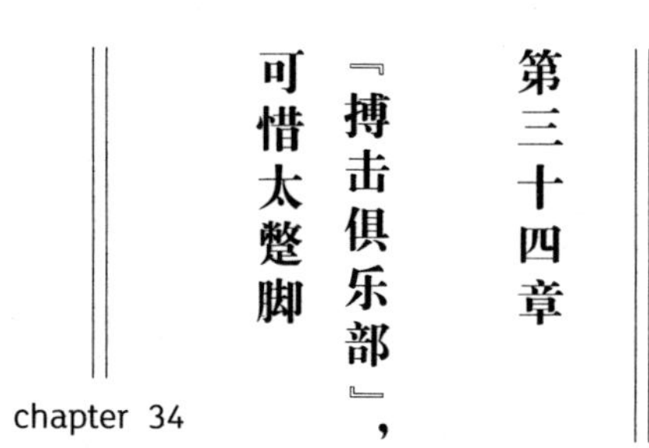

第三十四章 『搏击俱乐部』，可惜太蹩脚

chapter 34

厄尔跟我从来没有吵过架。主要原因是我胆小，部分原因是我们两人有着分工明确的良好合作关系，关键在于：我从未真正气过他，而且我打心眼里害怕争执，尤其是跟厄尔的争执——因为他会对别人的脑袋施展连环踢嘛。

但他告诉瑞秋，真的让我火冒三丈，因此我要去他家吼他。

光是写下这么一句，我便觉得胳肢窝传来阵阵入骨的刺痒。

我一边往厄尔家走，一边喃喃自语，具体来说，我是在排练待会儿对阵的台词。

“厄尔，”我嘟囔道，“任何良好合作关系的基础都是信任，而我再也无法信任你了。这部影片本来应该是个惊喜，而你居然告诉了瑞秋，也就辜负了我的信任。”

我蹒跚着穿过霍姆伍德区那颇不太平的街道，嘴唇翕动，发出断续的声音。一个肥仔想要优雅的步态，就绝不能走得像我这么快，我简直已经出了一夸脱热汗。

“我不知道是否还能再跟你合作。要是想跟我合作，你必须再次赢得我的信任，我都不知道你怎么办得到。”

我已经到了他家所在的街区，一眼望见他家摇摇欲坠的诡异宅子，我那本来已经跳得飞快的心脏跳得更快了。

“你必须说服我，让我信任你。”这是我说出的另一句瞎话。

我走上当初摔断胳膊的人行道，站在那儿，嘴里不再嘀咕。不知道什么缘故，我压根不敢去摁门铃。我发了一条短信：嘿，我在你家门口。

厄尔还没有出屋，麦克斯韦却信步走到了门廊上。

“去你妈的，要干吗？”他的口吻并不凶，颇为随意。

“我只是在等厄尔。”我用刚换上的“中年犹太妇人”腔答道。

厄尔在门口现了身。

“怎么啦？”他说。

“嗨。”我说。

我们一声不吭。

“你要进来吗？”

“不，不用了。”我听见自己说。人家再平常不过地请我进门，我居然拒绝了——这清楚地表明，我们分分钟会吵起来。

“哇哦。”麦克斯韦起哄道。

厄尔一转眼从“怒气冲冲”模式切换到了“气得七窍生烟”兼“暴走”模式。

“他妈的，你究竟有什么毛病？”他恶狠狠地说。

“呃，刚才我跟瑞秋聊天，她告诉我，你把那部……呃……电影的事情告诉她了。”

厄尔只说了一句：“是啊。”也许他只是装作一副没什么大不了的模样，也许他万分恼火，甚至没有回过神来。

“只不过，”我口齿不清地说，“你知道，我的意思是，你一开始就把拍片的事情告诉了瑞秋，又把我们的影片给了她，连问也没有问过我一声，仿佛……什么事你都会告诉她，仿佛我的意愿根本不重要。我不是说应该瞒着她，或者不该让她看到电影，我只是说，我希望你先问我一声，我希望——”

“知道吗？他妈的，给我闭嘴。他妈的，闭嘴。”

“我只是……”

“我受够了这破事，真他妈的受够了。你不能再这么瞎搞下去，因为我他妈的快到极限了。”

我飞快地考虑了一下是否向厄尔灌输信任观念。眨眼间，我便下定了决心：唠叨没有用，还有可能惹祸上身。再说，眼下开口说话已经变得越来越困难。于是我站在那儿，千方百计不哭出声来（再动听的言辞也粉饰不了这种破事）。

“算了，他妈的，给我闭嘴。见鬼，你既然那么在意别人怎么想，那你还不得神神秘秘得要死，还不得到处讨好别人，假装跟人家交好，因为你在乎他们怎么想嘛。我告诉你：没人会鸟你。没人会理你的破事。你一个朋友也没有，没有人在意你一分一毫。”

“好啦，好啦。”

“没有一个人。全校没有一个人在乎你，你跟每个人都和和气气，但谁他妈在乎你。你无比担心他们对你的看法，人家可不会鸟你。他们不在乎你是死是活，你个娘娘腔软蛋。人家才不在乎呢。看着我。人家才——不——在——乎——呢。”

“好啦，好啦。哎哟，天哪。”

“他妈的，赶紧给我闭嘴，因为我再也听不下去这种鬼话了。是啊，我是把拍片的事情跟瑞秋讲了，他妈的，我是给了她几部傻片看，因为她是唯一真心在乎的人。没错。她没长一对大波，所以你他妈的不把她放在心上，但其他的婊子也不把你放在心上。操蛋，但瑞秋把你放在心上啊，结果你根本不在意，因为你是个蠢贱人。”

“我……是的……”

“他妈的，别哭了，蠢货。”

“好，好吧。”

“该死。别哭了。”

“好吧。”

我有没有提到，当时麦克斯韦还在场？他真是爱死那一幕了。我敢打赌，麦克斯韦在场害得厄尔比平常更抓狂，更咄咄逼人。

“赶紧滚开。我真是受够了，瞧你这副德行，居然哇哇大哭。”

我没有动，也没有吭声。厄尔干脆紧逼过来。

“该死，我真受不了眼睁睁见你如此对待一个女生，仿佛她是个……是个累赘。她简直是世界上最算得上你朋友的人了，再说她马上就要死啦。你知道，对吗？你个傻兮兮的混蛋。她现在搬回家住，是因为她时日不多啦。那个女生眼睁睁数着在世的日子，你居然来我家又哭又闹，净扯些无关紧要的废话。我真恨不得……痛揍你一顿，你听到了吗？我真想……现在就好好修理修理你。”

“放马过来。”

“你居然要我揍你？”

“我不……在乎。”

“混账东西，你在求我揍你？”

我还在眼泪汪汪地挖苦，“没错，厄尔，我他妈的想要你揍我。”他便一拳重重地打在我肚子上。

好吧。于是一个月里接连两次，我躺在杰克逊家的前院，痛得弓起身子，面前站着一个好斗的矮子。至少这次的小子的脖子上没有什么大逆不道的刺青，而且当我挣扎着喘气时，他也没有一遍又一遍扇我耳光。

他倒是嘟嘟囔囔，“哎哟，给我起来”，然后又说“我打你又没有打得那么狠”。

麦克斯韦插嘴说了几句，一会儿是“好耶！揍他！”，一会儿是“打得他满地找牙”，但那并不是他的真心话。我觉得，他对我们打架打得如此之逊颇为失望，不过说句公道话，谁要觉得我跟厄尔之间的对阵会万分热闹，岂不荒唐？那不活像盼着一只狼獾跟一只……呃，我不知道……一只棉花糖变成的小兽来场精彩对决吗？

麦克斯韦终于进了屋，屋外只剩下我与厄尔两个人。若说现在厄尔还在生气，似乎也不是在生我的气。

“该死，你还真是个娘娘腔，肚子上只挨了一拳，就活像要了你的命。该死。”

“嗯嗯哼。”

“滚吧，小子。”

“上帝啊。”

“来吧，去你家。干活去。”

“见鬼。”

“没错。来吧，我来帮你。”

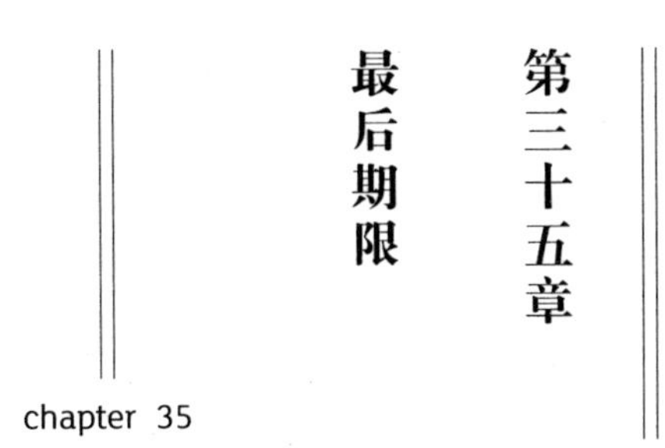

第三十五章 最后期限

chapter 35

至于计划 E，我们连爸爸的摄像机也没有用，只用了我那台笔记本电脑上的破烂摄像头——灵感源自 YouTube。上帝保佑我们吧。

正如全世界叽歪又无聊的人们，我们认定表达自我的最佳方式是呆呆地瞪着摄像头，然后张嘴发言。无须剧本，无须摄影机跟拍，无须特殊照明。我们决定扔掉一切花样，静待脱尽矫饰后的本质。

这主意会不会烂透了？请稍候片刻，容我把上述问题转给“不是才怪”国的总统大人。

内景　格雷格的房间－白天

格雷格：嗯，瑞秋。

厄尔：瑞秋，你怎么样？

格雷格：我们已经试过，嗯……一大堆各种各种的办法为你拍片。嗯，结果没有一种能够达到我们希望的效果。

首先要说，要是不事先拟好脚本，录像时你会至少停下来“嗯”上十亿次。因此从一开始，你说话的模样就活像脑袋刚刚受了点伤。

厄尔：我们本来想用袜子玩偶拍摄，但似乎跟你的……嗯，处境……不是特别登对。

格雷格：嗯，我们请全校所有人在镜头前对你说了些祝词，祝你早日康复，但你已经收到一大堆慰问卡片了，而我们……嗯，想把片子拍得更加有个性些。

厄尔：我们试过拍部关于你的纪录片。嗯……

格雷格：唔。

厄尔：结果没有找到足够的……嗯……素材。

格雷格：我们曾经，嗯，想要拍部精深的定格动画。嗯，也就是一部动画，鼓励你跟癌症抗争。但是，嗯。那部动画最后变得很秀逗，嗯，跟我们想要的效果不是一回事。

厄尔：因此我们，嗯，采用了现在这种形式。

我与厄尔（一片混杂）：……

格雷格：你先说。

厄尔：不行，你先说。

格雷格：快点说。

厄尔（慢吞吞，莫名地痛苦）：嗯……好吧。嗯。你也许不明白，认识你是多么让我心怀感激。因为……嗯……首先，我们两人结识的概率在通常情况下会非常低，因为坦白讲，我们不是同一个圈子里的人。

因此我感觉……过去几周我的生命中有你，是种福气，你身上有不少亮点让我钦佩。我钦佩你的聪明机智，慧眼如炬，体察入微。但是，嗯……让我真正肃然起敬的是，是……嗯，我不知道该怎么说。我猜，应该说是你的耐心。如果换作是我，我会发怒，会苦不堪言，会变成一个刺儿头，总之非常难相处。但你不同，即使处境艰难，你也一直如此坚强、耐心，我打心眼里对你肃然起敬。你也让我觉得……嗯……自己挺有福。（即将说完，声音沙哑）因此……嗯……是的。

他妈的，一席话棒得顶呱呱，这可让我怎么接。

根本问题则在于，厄尔的话句句出自真心。同样的一番话要是从我嘴里说出来，那我就是在撒谎。因为厄尔人品比我好。我不愿意自己听上去像个上演狗血戏码的蠢货，但这是事实。我很肯定，要是不瞎诌，那我必定说不出一句让人安心、温暖人心的话。

厄尔（续）（哽咽着，还有点气鼓鼓）：轮到你了。

瑞秋让我感觉激励人心了吗？我真的觉得她才智过人，慧眼如炬，富有耐心，亮点一大串吗？不。抱歉。瞧，我感觉糟透了。我真希望与她相识是件鼓舞人心、启迪人生的大好事，真的。我心知本该如此，可惜事与愿违。

厄尔（续）：哥们儿，轮到你了。

我该说点什么呢？说真话吗？

厄尔（续）（在格雷格的胳膊上捶了一拳）：轮到你啦，蠢货。

格雷格：没错。没错。嗯。我们制作这个视频的主要原因是……嗯……我们盼着你早日痊愈。还有……嗯……关键在于：我深知你可以好起来。我深知你够坚强，再说……嗯……没错……我只想告诉你……嗯……我相信你会好起来。（或许我太过多嘴）这……嗯，现在我意识到，这才是我们拍片给你的初衷。从而告诉你，我们相信你会好起来。（到了这一步，撒谎撒得真是像模像样）嗯，这正是我们拍这部电影的初衷。

整个周末，我都在听自己瞎诌“我们相信你会好起来”，不禁想抽自己耳光——谎撒得还真是赤裸裸哇。假如打心眼里对瑞秋有信心，我们就不会急吼吼地趁她还在世就拍完这部电影。再说，我们究竟为什么非要对她有信心？她自己都没有信心。她明明直截了当地告诉我，她时日不多了。她要终止治疗，回家赴死。我们凭什么有异议？

除此之外，我真找不到什么可说的。

周日晚上，妈妈进了电脑室。

“亲爱的。”

“哦，嗨。”

“你还在继续拍给瑞秋的那部片吗？”

“是啊。”

“怎么样啦？”

“挺好的。”

“噢，亲爱的。别说了。”

“我没事。”

“嘘，别说了。”

“什么嘛。”

“痛失挚友太让人伤心了。”

“不，不是那——回事。”

“太伤心，亲爱的。”

“不，不是——那回事。”

“嘘。”

第三十六章 电影《瑞秋》

chapter 36

《瑞秋》（导演：格雷格·盖恩斯／厄尔·杰克逊，2011年）

本片谨向深受白血病之苦的瑞秋·库什纳致敬。说到本片，最值得一提的或许是让人眼花缭乱的大杂烩手法，集纪录片片段、自白、定格动画及木偶戏于一身，汇成了四不像的一锅粥。事实上，影片一开场，导演盖恩斯与杰克逊就向瑞秋致歉（致歉镜头模糊不清，内容神经兮兮），坦承这部电影极其缺乏条理，基本上不太连贯。随后是高中学生与教师一连串尴尬的慰问词，袜子玩偶打斗，乐高玩偶操着听不懂的口音登场，模糊不清的库什纳童年照扫描，以及其他一些跟主题风马牛不相及、没头没脑的片段。狗血煽情、催人泪下的结尾再次由两位导演挑梁演出，简直不堪入目。话说回来，对于这部史上最烂电影，结尾倒是非常搭。

评分：★

我上一次跟瑞秋聊天时，她已经看过好几遍《瑞秋》了。我不知道该如何跟她聊那部电影。跟平时一样，她躺在床上，但没有戴帽子。她听上去一如往常：声音沙哑，还不时带点鼻音。破天荒第一次，我心头一动：也许我的声音听上去也有这种腔调。

“嗨。”我说。

“嗨。”她说。

不知什么缘故，我想跟她击一拳，但我忍住了。

“我看过《瑞秋》那部片啦。”她说。

“嗯。”

“我挺喜欢。”

“知道吧，其实你真的不必客气。”

“不，我确实喜欢。”

“嗯，如果你确定的话。”

“我的意思是，也许它确实算不上我的最爱。”

瑞秋实话实说，莫名地让我大大松了一口气。我不知道自己为什么松了一口气，也许我患有某种失调症，以至于情绪经常发生故障。许多时候就呆坐在那儿，为种种不合时宜的感觉所苦。这种病真该称为“情感痴呆失调症”。

“没错，如果那部电影是你的最爱，那意味着你品位堪忧，因为那部电影真的不太行。”

“电影蛮好，只是不如另外几部电影好。”

“不，我是认真的。我不知道出了什么错。我们为那部片呕心沥血，结果……我说不清。总之我们办不到。”

“你们拍得挺好。”

“不，我们拍得不好。”

我想向她解释事情怎么会走到如此可怕的一步，可惜我显然不知道原因。我的意思是，我与厄尔并不是专业电影人，但玩电影玩了这么久，我们理应拍出比《瑞秋》强一些的电影，《瑞秋》简直就是令人作呕，沉闷压抑得一团糟。

“你太逗了。”瑞秋说。她的脸上绽开了一抹灿烂的微笑，许久没见她笑得如此开心了。

“什么？”

“你对自己太苛刻。真逗。”

“我对自己苛刻，因为我是个蠢货。”

“你才不是。”

“不，你可不知道。”

或许我无法解释厄尔和我怎么会拍出世上最烂的电影，但我可以痛骂自己嘛！我开始意识到，这正是我的心头最爱。

“不，我身上的傻气盖都盖不住。我每说出一句傻到家的话，做出一件傻到家的事，有可能是好不容易忍住了没说出另外五十句更糟的话，做出另外五十件更糟的事。全托走了狗屎运的福。”

“格雷格。”

“我是说真的。”

“我们能再次成为朋友，我很开心。”

“哦，是吗？我的意思是，没错。我的意思是，我也很开心。”

于是我们坐在那里，什么也没说。你可能正希冀着我坐在那儿，满心爱意与温柔；那也许你该考虑的是换本书读，甚至换本冰箱用户手册之类，那也比本书更窝心。

因为基本上，我感觉万分恼火，怒气冲冲。我恼火瑞秋决定等死。听上去蠢到家了吧？也许我根本连个人也算不上。不管怎么说，没错，她乖乖等死让我很恼火，但也许更让我恼火的是：我感觉自己被设了个套，在《瑞秋》一片中装出一副认定她不会等死的样子。当初我面对镜头，振振有词地说“我心知你会好起来”，“我相信你”。观众甚至可以从我那愚蠢的双眼中看出，其实我并不相信自己的话。什么编辑手段也糊弄不过去。再说，我显然蠢到了家，但把我逼到这份儿上的人正是瑞秋，她放弃了自己的整个人生，却害得其他人装出一副平安无事的模样。

也许，瑞秋察觉到了我正想着《瑞秋》，她又提起了那部片。

“你真是窝心，拍了那部电影。”

“嗯，它逊毙了，但我们非拍不可，真不该拍得这么烂。”

“你们才不是非拍不可呢！”瑞秋瞪大了眼睛。

“谁说不是，就是嘛。”

“才不是。”

“毫不夸张，你是我们唯一的影迷。我们必须为你拍点什么。”

“嗯，事实上，我想请你帮我办件事。”

她的话如此出乎意料，我居然拿它开涮起来。

“可是我们明明已经为你拍了一部电影！你还有完没完了？暴君，真是个女暴君。”

一阵虚弱的喘息声和咯咯声传进我的耳朵。紧接着，瑞秋似乎要先平静一下，才能开口继续讲。

“我翻阅了那本大学目录。”

“是吗？”

“是啊。我找到了好几所电影学院。”

我花了好一阵才回过神来，听懂了她在说什么。

“我还找到了几所大学，它们都有不错的电影项目。”她说。

我傻兮兮地点头。我知道，她的这些话我无法反驳。

“我希望你用你的电影申请这些学校，厄尔也一样。”

“唔，好。”

“这就是我拜托你做的唯一一件事。”

“好吧。”

“你肯答应吗？”

“好啊，当然啦。”

“你得保证。”

“好，我保证。”

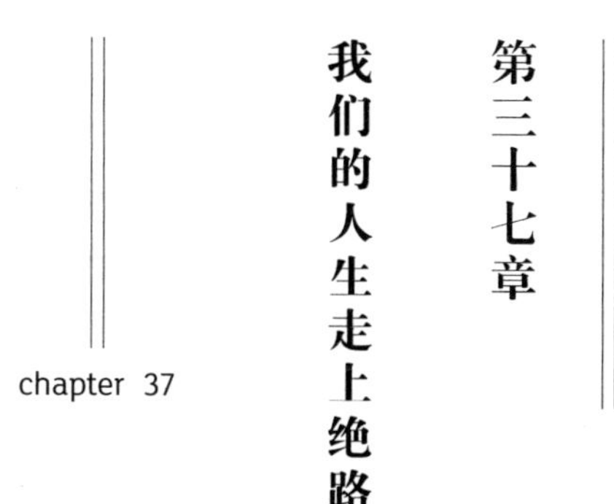

第三十七章 我们的人生走上绝路

chapter 37

好，终于讲到我的人生（以及厄尔的人生）是如何活生生毁在妈妈的手里的。还不去取爆米花！这一段精彩万分，我将在此等候。

唔，咸滋滋的奶油味爆米花。

好吧，我也要去弄点爆米花。等一下。

见鬼，这是无糖无油爆米花。真恶心，尝起来活像沙发内胆。

该死。

总之，在拍摄《瑞秋》的过程中，我的课业退步了一大截。这一点我已经告诉过你，但在拍摄《瑞秋》时，局面已经让人下不来台了。基本上，我的成绩变得跟小混混们差不多，老师们开始在课后把我拉到一旁，声称我正亲手毁掉自己的人生。到了最后，就在我把《瑞秋》交给瑞秋的次日，麦卡锡先生插手了。他找到我爸妈，他们三人一致同意，让麦卡锡先生每天放学后将我留堂几个小时，以免我某科不及格。

这种破事落到厄尔头上了吗？没有。厄尔选的门门都是不会挂掉的课。无论你干什么，无论你出勤率高不高，都无所谓。你大可以钉个动物死尸到作业簿上，也不会不及格。你大可以某天朝你的老师扔几袋大便或者毒品，他们有可能只是把你送去副校长办公室。

于是突然，在无比警醒、暗里疯狂的麦卡锡先生的眼皮底下，我一天到晚忙起了作业。我觉得，其实我颇为感激有人接管了我的人生。我的意思是，我显然相当不善于管理自己的人生，因此眼下我的人生交到了可靠的人手中，其实挺让人放心。与此同时，手头有了许多具体事务，淹没在千头万绪中无暇分心，其实也蛮不错，免得我仔细寻思身边每一件压抑又古怪的事。

不幸的是，它也让我眼睁睁漏掉了一件事：妈妈突然改了作风。

通常来说，每当我在家，妈妈至少会每隔一小时来查岗，烦人得很。她用来查岗的理由五花八门：

- 只是来瞧瞧你怎么样。
- 只是来瞧瞧你是否需要人帮忙。
- 只是想说今天室外天气实在宜人，也许你该考虑锻炼一下。
- 只是告诉你一声，我去上动感单车课啦。
- 只是告诉你一声，我上完动感单车课回来啦。
- 只是告诉你一声，格蕾琴现在有点闹别扭，所以千万不要惹她。
- 只是想问问你，晚餐想吃牛排还是羊肉。因为我正打算去全食超市，但我忘了你究竟吃不吃羊肉。
- 本来只是想问你一个问题，不过我忘了要问什么，所以待会儿再

来问你吧。除非你知道我刚才想问你什么。不过你可能不知道，所以我还是待会儿再来吧。嗯，一切还好吗？到底好不好？亲爱的，你得开盏灯，不然你会毁了自己的眼睛。

有那么几天，这一切前所未有地戛然而止。我在家的时候不太多，但每逢我在家，妈妈不再来查岗。事后看来，我真应该怀疑必有猫腻。可惜我忙得难以分身，可能还在不知不觉中感激暂时没有烦人的查岗，因此不愿再去冒险招惹妈妈。

一切在第八节课时水落石出。

趁着第八节课吃午餐有一条妙处：赛前动员会总是安排在第八节课的时候，因此厄尔和我从来无须出席。然而，至少从理论上讲，学校全体人员都必须出席，而且不知什么缘故，今天麦卡锡先生死活不放过我们。

“不好意思，伙计们。”他站在门口说道，而他教授的九年级历史课学生则在门外转来转去，活像一群辨不清东南西北的幼童。“如果有人发现你们在动员会期间待在这儿，我会惹祸上身。”

于是我们把午餐搁在他的办公桌上，与九年级学生一起，跟随麦卡锡先生去了礼堂。

大多数赛前动员会的流程如下：军乐队在台上击鼓，反复敲击着节拍。也许有几个胆子大一点的运动员抢过麦克风，想要信口说几句，直到他们的荤话说得太露骨，或者不小心爆了粗口，副校长便会出面叫停。不过，现在台上只有一面巨大的投影屏，也没有鼓手，只有斯图尔特校长。我们属于最后到场的班级之一，而我们刚刚跟九年级学生一起坐下，斯图尔特校长便拿起麦克风开了口。

斯图尔特校长是位身材魁伟、相貌骇人的黑人——除此之外，我再也找不到合适的描述了。他十分具有威慑力，而且跟厄尔一样，他脸上的默认表情是“怒气冲冲”。校长从未跟我说过话，我也希望一直保持现状，直到毕业。

校长的演讲风格颇难描述。无论他说什么，似乎都隐隐翻涌着一股愤怒的暗流，即使他的话毫无怒意；除此之外，他在讲话过程中总不时顿一顿。至于在赛前动员会上，他无疑显得怒火中烧。

“本森高中的，学生们、教师们。欢迎出席本次动员会。我们欢聚一堂，来为特洛伊人队打气，今晚在橄榄球场上，战胜阿德迪斯队。”

欢呼声，尖叫声。斯图尔特校长瞪眼凝视着我们，欢叫声随之戛然而止。

“但是，今天的大会有更重大的使命。因此今天下午在这里，我召集了全校师生。我将长话短说。”

好一阵停顿。

“她是本森高中的一员。正在为她的生命抗争。对抗癌症。你也许认识她。如果不认识，你无疑听说过。她的名字。她的名字叫瑞秋·库什纳。我们全校师生。或早或迟。皆已送去了我们的祝福。给她，给她的家人。这很有必要。”

校长怒气冲冲的架势让他的话显得很讽刺，我不禁悄声傻笑起来。正在那时，斯图尔特校长的目光径直转向了我，傻兮兮的笑容顿时凝结在我的脸上。在那一刻，我心中涌过的惊骇简直难以言表。

“但有两名学生。走得更远。远得多。他们花了数不尽的功夫。拍出了一部电影。”

就在身旁，我听见厄尔发出一声闷哼。

“一部旨在帮瑞秋打气的电影。一部旨在给予她陪伴，和希望，和爱，的电影。一部让她绽放笑颜，感到被人珍视，的电影。”

斯图尔特校长每说一个词，我便想猛甩自己一耳光。

“除了瑞秋。他们原本不希望，将这部电影展示给任何人。他们拍这部电影是为了她。只为了她一个人。然而，如此深情厚谊。怎么不值得一看？值得鉴赏？值得掌声？”

一种全新的感觉席卷了我。我恨不得猛揍自己的“命根”。

“格雷格·盖恩斯。厄尔·杰克逊。请上台。”

我双腿发软。我站不起来，喉咙深处泛起了苦味。厄尔则面如死灰。我千方百计想要晕过去。可惜我办不到。

事情的经过是：丹妮丝发现了这部片。瑞秋放映着影片，睡着了。丹妮丝正好进屋，发现了电影，又看完了它。紧接着，丹妮丝与我妈妈分享了这个消息。妈妈告诉丹妮丝，厄尔和我从来不肯将自己的作品示人。丹妮丝与妈妈决定：所有人都该看看这部电影。她们瞒着我们找到了学校的几名教师。老师们观看了电影。斯图尔特校长观看了电影。至于眼下，全校师生都会看到那部电影。

大家兴致索然地鼓着掌，台上的斯图尔特校长伸出巨手拍拍我们的肩膀，瞪着铜铃般的眼睛凝视着我们，仿佛要生生把我们吃下肚。他轻声说：“你们所做的一切，让我非常感动。你们给本校争了光。”我们三人在讲台角落的椅子里落座，屏幕上出现了厄尔那颗硕大的脑袋，以及我那颗更加硕大的脑袋。整整二十八分钟，本森高中全校师生看完了《瑞秋》一片。

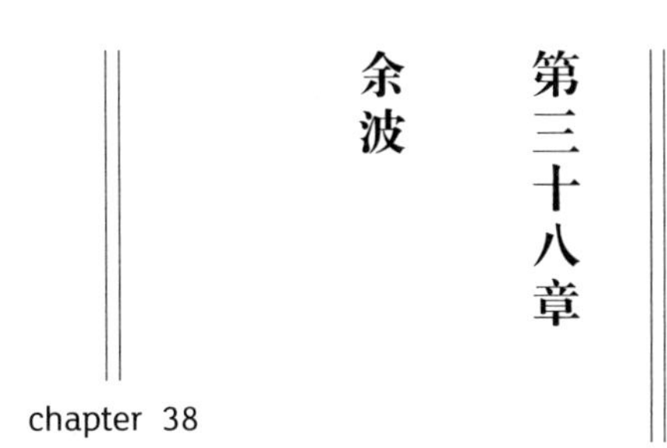

第三十八章 余波

chapter 38

假如这是一部普通的青春小说，本章理应成为以下一幕：电影放完后，全校师生集体起立鼓掌。厄尔与我真正被拥入了大家庭的怀抱，并开始真正鼓起了自信，瑞秋则会奇迹般地康复。不然的话，也许瑞秋会离开人世，但我们会一直对她心怀感激，是她让我们发掘出了深藏的潜能。麦迪逊则会摇身变成我的女友，只要乐意，我随时可以把脸紧贴着她的胸部，仿佛一只深情款款的熊猫崽。

因此小说这种东西才烂透了。以上情节一条也没有发生。相反，几乎一切都走上了我害怕的那条路，只不过更加糟糕。

1. 我的同学们不喜欢《瑞秋》

他们恨死它了。大家认为那部影片古古怪怪，让人一头雾水；而且尽管斯图尔特校长有言在先，大家还是觉得是我和厄尔非逼着他们看。大多数学生没有认真听校长的演讲。他们不过是到礼堂露面，等到灯光熄灭时才开始留神，结果认定这是我与厄尔的主意，非要逼着全校师生观看那部蠢兮兮的电影。再说，因为那部电影真的很糟，他们恨死它了。厄尔和我在台上眼睁睁见证了大家的反应。不少学生显得很焦躁，安静不下来，百无聊赖地说起了话，被老师们示意噤声，结果又恶狠狠地瞪对方。总之情形不妙。

最糟糕的则是，不时有人愤慨地大吼。例如，旋转的狼蛛就惹得好几个人发飙。“这怎么行！”“真恶心哪。”“我们为什么要遭罪看这玩意。”

其实，也许更糟糕的是亲眼见到瑞秋死党安娜与娜奥米的反应。她们显然都恨死了那部电影。娜奥米态度明确：她紧紧地皱着眉，大约每隔十秒就翻个白眼。关键在于，我甚至无法怪她。安娜的反应更加糟糕，因为她看上去痛苦不已。斯科特·梅休倒是在安慰她。当初我还假装人家斯科特是个呕吐的外星人，目前他已经成了安娜的男友。斯科特怒视着我，眼神冰冷，眼睛一眨也不眨，充满了仇恨——那是哥特呆瓜感觉自己信错了人、被人辜负的恨意。算我走运，幸亏他没有宝剑。

教师们却个个爱那部片爱得“不得了”，因此导致，第一，显示出他们的艺术品位极为低下；第二，害得学生们更对它恨之入骨。全校师生动不动就听人提起我与厄尔拍了那部蠢片。看上去，仿佛我们拍片是为了引人注目。当然，这个念头逼得我想往自己头上扔一堆蜇人的毒虫。

有些“瘾君子”倒确实中意《瑞秋》，可惜那并没有让我好受多少。举个例子，戴夫·斯梅格斯在走廊里拦住了我，告诉我，他认为这部电影“颇有深度”。

“很搞笑，伙计。”他说，“你取‘死亡’作为素材，而且是个活生生的人在眼前死掉，你居然让它变得很搞笑。你居然让它变得搞笑至极！服了你了。”

简直懒得费口舌告诉他，其实那并非我们的本意。

麦迪逊声称中意那部电影，很明显，她不过是客气罢了。糟糕的是，她说那部电影她看不懂。

“你们太富有创意了。”她解释说，仿佛“富有创意”就有权拍摄稀奇古怪、不近人情、无比糟糕的电影，还逼着大家去看一样。

总之，所有人都看过了《瑞秋》。几乎所有人都恨死了它。

借用“哭丧脸叙利亚人”尼扎尔的话说：“你想干仗，我跟你干。他妈的狗屎屁股蛋。”

2. 这下，同学有了反感我的理由

在放映完影片《瑞秋》的几天中，我在本校生态圈中的角色再次起了变化，地位更加一落千丈。今年年初，我是格雷格·盖恩斯，跟谁都能打成一片的家伙；随后，我成了某无聊女生的疑似男友格雷格·盖恩斯，那身份不太妙，当然“电影人”格雷格·盖恩斯也不太妙；今时今日，我又成了“专拍实验电影烂片还逼着大家去看”的电影人格雷格·盖恩斯。我是一只独行的猩猩，在林间举步维艰。更不用说，我的脑后还顶着一个天大的靶子，靶子下的标语写道：“我赌你扔大便砸不中我的头！”

我简直无法鼓起勇气在学校跟任何人搭话。反正只要跟人搭话，就

会扯上与电影相关的话题。时不时，学生们会在走廊里对我吼几句（通常骂的是那只旋转的狼蛛。我觉得它已经成为一种象征，标志着那部电影多么逊），而我想不出能圆满收场的答复。相反，我只能加快脚步。那种感觉糟透了。

至于社会派系：高才生们对我惋惜不已；富家子们突然一改作风，仿佛从来不认识我；运动健将们开始打听我什么时候会拍同性色情片；戏剧迷们似乎认为，既然我已经入侵了他们的礼堂，我们双方势必正展开某种激烈的艺术之争（这点最糟糕）；其余大多数学生则既不信任我，又不喜欢我。

总而言之，不太妙。

3. 厄尔与我互相退避三舍

我们压根没有兴趣一起玩，一点也不。

4. 我有点崩溃，变得离群索居

公正地说，我对事态的反应不太好。放映电影是在十二月，因此在那之后，我还去学校上了一周课。但寒假前一个星期，我干脆不再去学校上学。我骑车去家得宝超市为我的房门买了一把锁，用电动工具把锁安到门上，把自己锁进了房里。

自从“电影风波”以来，双亲之中我只肯跟爸爸讲话，而且还十分不乐意跟他开口。于是我们互发短信。诡异得很。

儿子，今天去上学吗?

不去。

为什么不呢？

感觉不舒服。

要我们带你去看医生吗？

不，我只需一个人待着。

你没有弄断胳膊什么吗？

为什么会弄断胳膊？

你又不懂怎么用电动工具！哈哈。

没有弄断胳膊。

嗯，欢迎去厨房自己做午餐吃。如果有任何需要，我在我的书房里。

后来我才得知，这次受挫让妈妈十分苦恼，居然听了爸爸的话，再不像以前那样对我指手画脚。当然，我对此万分乐意。事实上，妈妈终于不再插手我的生活，也许这是唯一让我没有跑去布宜诺斯艾利斯的缘由。

整整一个星期，我就待在房间里，看电影。刚开始我看的是精彩佳作，指望它们会让我振作起来，可惜那些电影不过让我想起自己拍的片多么蹩脚。接着我看了一些烂电影，但那也没让我好受起来。我不时放映一张盖恩斯 / 杰克逊联合出品的 DVD，五分钟后就不得不取出来。我们的电影真是糟糕透顶。我们没有任何正经设备，也没有正经演员；我们不过是些小屁孩，拍出些丢人现眼的小儿科。我把那些我自认最棒的影片放进机器，可惜片子糟透了。《星球和平》《2002》《猫咪谍影》。骇人，可憎，没劲，愚蠢，不堪入目。

到了第三天，我抓狂地取出了一把剪刀，刮花了所有 DVD，扔进了垃圾筒。我心知这样也不会让自己好受，管他呢——去他妈的。

因此，一天下午爸爸拨通我的手机时，我正感觉糟糕透顶。爸爸告诉我，瑞秋再次入院了。

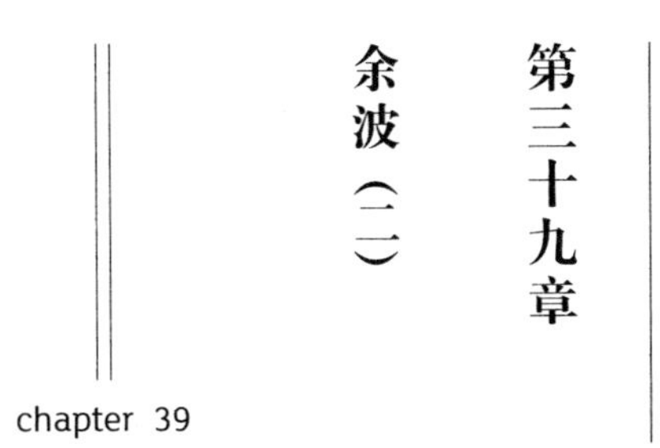

第三十九章 余波（二）

chapter 39

我来到瑞秋的病房时，丹妮丝也在场。我们两人没有什么话讲，因此双双尴尬地在瑞秋的病房里坐了一会儿。我觉得自己应该告辞，但又心知那会让我感觉更糟。瑞秋没有醒。显然，她的肺部受到了感染。

我从心底盼着瑞秋醒来。事后回想，那种想法又蠢又无意义，因为我没有什么话要跟她讲，但我恨不得再跟她讲讲话。我坐在那儿，盯了她大约一个小时。她的鬈发不见了，闭着嘴，因此我看不见她的大牙齿。她合着眼帘，因此也无法看见她的眼睛。你还以为躺在那儿的人看上去会完全变个样，但不知什么原因，她看上去一如往常。

其实，我全程一直在掉眼泪。因为不知何故，我从未真正意识到她快死了，此刻我却眼睁睁看着她走向死亡，这种感受莫名地不一样。

关于瑞秋的死，有些事我本来明白，却并未从心底懂得，如果你懂我的意思。

我是说，也许在理性层面上，你明白某人时日无多，但在感性层面上，你并没有回过神来。等到真正回过神来的时候，便是你感觉万箭穿心的一刻。

于是，直到像个白痴一样坐在那儿，望着她死去，我才真正回过神来。只可惜为时已晚。无论说什么，做什么，都已来不及了。我简直不敢相信，自己花了这么长的时间，才对“死亡”略有所知——那是个有血有肉的人，渐渐走向死亡。人海当中，终究只有一人有如此眼眉，如此姿容，如此开怀大笑，笑得挑高了双眉，鼻翼微微翕张。世间之上，这人终究只活一次，此刻她的生命之火摇摇欲灭，而我全然无力承受。

我又想起，我与厄尔拍了一部关于死亡的电影，但我们对它一无所知。也许厄尔略知其中滋味，但我确实知之甚少。再说，那部电影的主角是个我们并不太熟的女孩。实际上，我们拍的根本不是一部关于她的电影。她处在濒死之际，我们却自顾自拍了一部关于自己的电影。借这个女孩的名义，我们竟然拍了一部关于自己的电影。它看上去如此愚蠢，错误百出，害得我无法止住眼泪。电影《瑞秋》压根无关瑞秋。它揭示的是我与厄尔对瑞秋知之甚少。我们如此自负，竟想拍摄一部关于她的电影，真是荒唐至极。

于是我坐在那儿，脑海中始终有个疯狂的想法，盼着瑞秋醒来，告诉我她曾思索过的一切，让它得以付诸记录，让它不会就此湮灭。我在想：如果她已经无法再次思索，如果她的大脑已经不再拥有意识，那怎么办？这个想法可怕至极，我不禁放声痛哭，仿佛一头海象一样号啕起来——“昂昂昂昂昂嗷”。

丹妮丝呆坐着，一动不动。

与此同时，我渐渐悟出该如何拍摄电影《瑞秋》了（我真恨死了这事）：它必须尽可能地记录瑞秋的生平，能记多少就记多少。理想状况下，我们会有一台摄像机跟拍她的一生，另一台摄像机则设置在她的脑海中。我感觉自己满腹怨气，怨这个想法无法办到，怨她即将悄然离世，毫不留痕。仿佛她从未到过我们身旁，从未留下音容笑貌，从未有过口头禅，从未在坐立不安时扭手指，从未在吃到某种美食、闻到某种气息时猛然回忆起某一幕——我说不清，也许忍冬会让她想起某个夏日与朋友嬉戏的时光，她妈妈那辆汽车风挡玻璃上的雨丝会让她觉得活像外星人的手指。仿佛她从未做过春心荡漾的美梦，梦中有着傻乎乎的休·杰克曼；仿佛她从未勾勒过日后念大学的图景；仿佛她从未对这个世界有过种种独一无二的见解，却永远不会对人细诉。以上种种，以及她曾有过的所思所想，如今都将化为泡影，惊鸿般无迹可寻。

电影《瑞秋》的真义本该在于表现痛失瑞秋是多么糟糕，多么狗屎；表现她原本会度过多么悠长而精彩的一生——如果她有幸熬过这一劫的话。她的死愚蠢到家，毫无意义，非常操蛋，并无半点所得、半分收获。我坐在那儿，思考着电影《瑞秋》，心中明白片中势必要拍出我在医院病房里崩溃失控的一幕，拍出她妈妈坐在一旁一声不吭，目光呆滞，仿佛一尊雕像。此时此刻，我还能置身事外地想这些，真让我恨死自己了，但我实在忍不住。

不知什么时候，妈妈进了病房。如果你觉得我们能一边哭一边说话，那你纯属犯傻。

后来我们不得不去走廊。但在那之前，妈妈跟丹妮丝打了个怪异的招呼：她搂了搂丹妮丝，语无伦次地说了几句，丹妮丝只是僵硬地坐在那儿。

我和妈妈坐在医院走廊两把再寻常不过的椅子里，尽力把心里的眼泪流光。到了最后，我总算可以一边抽噎一边挤出几句话。

“我只是……盼着……盼着她醒醒。”

“哦，亲爱的。”

“糟透了。”

“有你陪，她很开心。”

“要是我……我哄得她很开心，那她为什么……为什么不再加把劲儿熬过去。”

“太难了，亲爱的。有些事情，没人熬得过去。”

“真操蛋。”

“人人终有一死。”

“昂昂昂昂昂呜。”

妈妈和我整整唠叨了一小时。我还是别用我们的谈话来烦你了吧。最后我们总算住了嘴，好一阵子一言不发。有人用轮椅推着病患走来走去，跟吉尔伯特差不多，医生和护士大步流星地从他们身边经过。

这时妈妈说：“对不起。”

我觉得，我明白她在说什么。

“嗯，我只是希望你事先问我一声。”

“我确实事先问过你，但我想，我并没有给你任何选择的余地。”

“妈妈，你在瞎扯什么呀？你根本没有事先问过我。”

“我们说的是同一件事吗？”

“我说的是蠢到家的赛前动员会。”

“噢。”

“你说的又是什么？”

“我说的是逼你花时间陪瑞秋。”

“赛前动员会明明更逊。”

“动员会并没有让我感到内疚，但逼你应付这么……我确实挺内疚——”

“动员会没让你感到内疚？”

“没有，但我确实过意不去……”

“赛前动员会是场噩梦。一点也不夸张。”

“如果把你那部精妙的电影放映给你的同学看，让你觉得很后悔的话，我真的无言以对呢。”

“简直不敢相信，你竟然还一口咬定那是件好事。首先……”

“有些事……”

“能让我把话说完吗？”

“首先，有些……”

“能让我把话说完吗？妈妈，妈妈，让我说完。妈妈。上帝啊。”

我们两人都在用妈妈的那一招——“连珠炮”。我觉得，我用其人之道回敬她，让妈妈很吃惊，于是她服软让我讲。

“好吧。你说。”

“妈妈。我的同学恨死这部片了。厄尔和我也不喜欢它。我们认为它不入流。实际上，我们认为它是部烂片。”

“要是你……”

“妈妈，你得让我说完。”

“好吧。”

“这不是一部佳作。明白吗？事实上，它糟透了。因为……妈妈，别激动……我们拍片是出于善意，但那并不意味着我们拍出的是佳作。明白吗？因为那部电影的重点不在于瑞秋。它只揭示出，我与厄尔其实对瑞秋一无所知。再说，你是我妈妈，所以你戴着有色眼镜，看不出那部电影很蹩脚，没有意义。”

“亲爱的，那部片非常有创意，它……”

“又怪又晦涩并不代表有创意。这正是……问题所在。要想瞎捧某样东西，用‘富有创意’这种词再顺手不过了，即使根本不是这回事。那部电影很烂，我的同学恨死它了。”

“他们只是不懂它。”

“他们不懂，因为我们拍的是烂片。”

“亲爱的。”

“如果是佳作，他们会喜欢，他们会懂。如果是佳作，也许还能帮上忙。”

我们两人再次陷入了沉默。隔着几扇门的地方传来一片嘈杂——似乎有人离世。真让人心情差劲。

“好吧，也许你说的没错。”

“我说的没错。”

“嗯，对不起。”

“好吧。”

“你不明白的是，当孩子们一个个开始长大成人，为人父母很辛苦。”妈妈说。突然她又哭了起来，哭得比刚才还凶，我只好去哄她。我们隔着椅子拥抱着，姿势别扭得不得了。

妈妈一边歇斯底里地哭，一边说了一堆话：

- 你的朋友快死了。
- 眼睁睁看着一个孩子死去，真是无比难受。
- 眼睁睁看着朋友的女儿死去，会更加难受。
- 最难受的是，眼见着自己儿子眼睁睁看着他朋友死去。
- 现在你必须自己做决定。
- 要我放手让你自己做决定，真的太难了。
- 但我不得不让你自己做决定。
- 我为你骄傲。
- 你的朋友快死了，你很坚强。

我真想回嘴。我一点也不坚强，也没觉得自己做了任何值得骄傲的事。但我隐约感觉，眼下不是上演“过度谦虚”戏码的好时机。

妈妈和我离开了医院。我心知，我不会再见到瑞秋了。我感到几分空虚、几分疲惫。妈妈给我买了一份咖啡力娇酒味冰激凌，加了辣椒，加了蜂花粉。味道还不错。

就在那时，我明白自己会熬过去的。

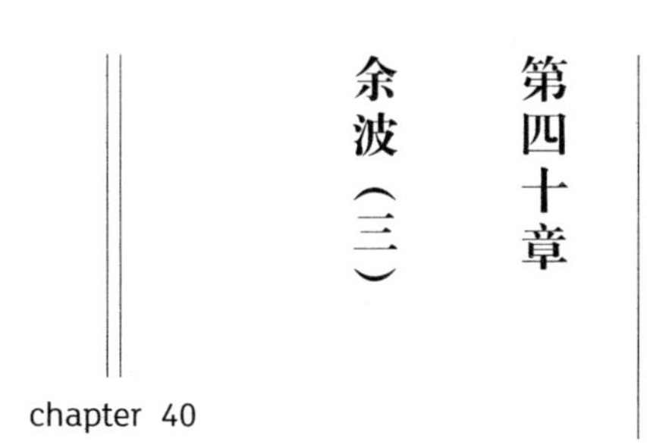

第四十章 余波（三）

chapter 40

寒假就快过完了，还没有开始下雪。厄尔与我约在楚银西贡美味店里，自我闭门不出以来，这是我们第一次碰头。楚银西贡美味店就是位于劳伦斯威尔的那家越南馆子。麦卡锡老师向我们推荐它的那天，我们误打误撞嗑药嗑“嗨”了，把我们拍电影的事情告诉了瑞秋。我觉得，也许厄尔会乐意去个古古怪怪、菜肴难以下咽的餐馆里碰头。

我到店的时候，厄尔已经先到一步。我在冬衣下出了一身汗，因为我是从家里骑单车过来的。眼镜也蒙上了一层雾，于是我不得不摘掉眼镜，像只鼹鼠一样眯缝着眼睛四下打量。厄尔没有现身，所以我在店里转来转去，直到找到他。他拉长了脸，正搅着一碗汤。

“欢迎，欢迎。”一团人影说道——也许正是店主楚银，吓得我魂飞天外。

“嗨。”我对厄尔说。

“你怎么样？”

“是越南河粉？”

“是啊。”

“好吃吗？”

“汤里有筋腱之类的怪东西。”

“唔。”

“想点什么菜？”楚银问。他的个头体形都跟我差不多，我们的光顾似乎让他开心得要命。

“越南河粉。”我说。

“一份越南河粉。”楚银高喊道，摇摇摆摆地走开了。

“这次总算没加‘料’。”厄尔嗫嚅道。

店里的R&B乐曲无比舒缓，放得有些大声。“你是我火辣的恋人。”歌手低声吟唱，“火辣……的……恋人。”

“嗯，”我说，“不知道你有没有听说，不过瑞秋过世了。”

“嗯，我听说了。”

“那么，唔。你把你的DVD从她那儿取回来了？”

“是啊。”厄尔边说边搅汤。

“可以拷贝几份吗？”

厄尔挑高了眉毛。

“我崩溃了。”我说，“我抓狂了一阵，唔，刮花了我自己的DVD。所以现在我手头一份也没有。”

厄尔睁大眼瞪着我。

“我烧了我的那份。”他说。

“噢。”我说。不知何故，他的话并没有让我大吃一惊。我本该抓狂才对。

“是啊，”他说，“在垃圾筒里一把火烧了。”

“那我猜，没有备份剩下了。”我说。

“你弄坏了你的那份 DVD？再也放映不了了？”

“是啊。”我说。

“该死。”厄尔说。

“噢，姑娘！”R&B 歌手唱道，“你让我惊叹连连。”

我们双双沉默了一会儿。厄尔开口说：“我没料到你会把自己的那份弄坏。”

“是哇，”我说，“我抓狂了。我说不清。”

“我甚至压根没想过，你会……做出这种事。”

“确实不应该。”我说。但厄尔似乎并非故意惹我内疚，他不过是显得有点吃惊。

“一份越南河粉。”楚银把碗摆到桌上，宣布道。河粉闻起来有点诱人，又有点恶心。我闻了闻，河粉先是散发出甜美的甘草味，又带点牛肉味，接着却突然隐隐传来一丝别的气味，仿佛汗津津的屁股。一并呈上的还有一只大碟子，里面装着叶子、水果和看上去跟精子差不多的豆芽。

我正苦思着先吃哪一样，厄尔突然开口：“这也算是件好事，因为我不能再玩电影了。我得找个工作。我得赚点钱，搬出我妈那栋该死的房子。”

“是吗？”我说。

“是啊。”厄尔说，“是时候向前看啦，哥们儿。我可不能再玩电影了。”

“你打算找份什么样的工作？”

“不知道。到温蒂汉堡店帮工之类的吧。”

我们双双开吃。肉汤滋味不错。各种畜禽下水就怪得让我有点受不了，那些玩意疙疙瘩瘩，带着大块的脂肪和杂碎。还有些叫作“牛肉丸”的东西，反正休想让我吃。

鬼使神差地，我说道：“我可能会有几门课不及格。”

“是吗？”

“是啊，我基本上没去上学嘛。”

“没错，麦卡锡气得很。”

“嗯，气他的呗。”话一出口，我立即满心后悔。

“别说屁话。”厄尔说。

我没有吭声。

“如果不及格的话，那就是你犯傻。”厄尔接着说。他听上去并没有怒意，一副实事求是的口吻，“你可没有那么糊涂。你还要念大学，找个好工作，还有大好前程呢。”

“我在想，”我说，“或许我不去念大学。或许我想去电影学院。”

“干吗？因为瑞秋吗？”

“倒不是。她跟你提过电影学院的事吗？”

“她拜托我申请电影学院。我猜她可能也拜托你了。当时我说，小妞，你脑子出问题了吧？我才没钱去念电影学院。”

“你可以申请奖学金。”

“谁他妈会给我奖学金。”厄尔说。他终于吃了些面条。

“为什么不给呢？”我问道。

厄尔嘴里塞满面条，凶巴巴地说：“总之就是没门。”

我们又吃了些。R&B 歌手欢快地歌唱着一个姑娘如何让他“心醉”。在简陋的玻璃柜台后面，楚银正跟着哼唱。

不知道什么缘故，我对电影学院的事难以释怀。

“我可能还是会申请电影学院，”我说，“所以我想，我可能得重新拍几部电影。”

厄尔用力嚼着东西。

“我不知道你是否愿意帮忙。”我说。

厄尔没有抬眼看我。过了一会儿，他有些伤感地说：“我可不能再玩电影了。”

正在这时，某些无比邪恶且（或）愚蠢的外星人突然控制了我的大脑，指使我说了些狗屎到令人难以置信的话。

“如果我们一起拍电影，也许正遂了瑞秋的遗愿。”我听见自己说道。

厄尔直直瞪了我一会儿。

“你知道个屁，哥们儿。”过了好久，他总算说道。他的语调既刻薄，又伤感。“不是我非要凶你，反正我也就是这么一说。这是……你第一次受到生活的打击。你可不能反应过激，因此做些难以挽回的决定。我也就是这么一说。人人皆有一死。有人还会做蠢事。我身边到处是做傻事的家人。我曾经一心希望为他们做点事。我现在依然希望为他们做点事。但你必须过好自己的生活。你必须先料理好自己的事，才有余力帮别人。”

我一言不发，因为厄尔从未这样敞开心扉过。我的意思是，这番话史无前例，因为它十分隐私。也许并不是这个原因，我说不好。无论如何，我不禁哑口无言，而厄尔接着说了下去。

“我并不想扔下我妈。”他的语气跟刚才一模一样，“把她扔在那栋破房子里。一天到晚酗酒，无时无刻不在上网。我也不愿意离开德温和德里克。他们是两个蠢货，笨得要命，唉。瞧瞧我周围的人，有谁的家人跟我的家人一样衰？有谁住的地方有我破？”

“但我总得先照顾好自己。”厄尔说。我觉得，此时此刻，与其说他在对我讲，倒不如说他是在自言自语。他的语气有几分像是解释，有几分像是恳求。“他们得先把自己的破事理清，我才能帮到他们。我爱我妈，但她有些我帮不上忙的问题。我爱我的兄弟，但他们得先把自己的烂摊子收拾清楚，不然我也帮不上他们。否则的话，他们只会把我一起拖下水。”

有时候，我一连好几个月也想不起厄尔有个老妈。不知何故，听到厄尔提起她，我感觉十分突兀，甚至想不起来她长什么样。她是个小个子、淡眉眼的女子，眼睛很大，脸上一天到晚挂着梦幻般的微笑。

不管怎样，说完这番话后，厄尔显得开心了些。紧接着，他猛然注意到了我，仿佛刚才他已经把我忘了个精光。

“你和瑞秋也是同样道理，只不过她死了，所以你为她做的事情也不重要了。你得为自己着想。乖乖毕业，小子。毕业，念大学，找份工作。我们不能再玩电影了。”

真厉害，但又让人泄气。不过，厄尔的心情反正好了起来。

“见鬼，越南人在想什么，怎么会把这种鬼东西放到汤里面。”他说，“瞧瞧这该死的玩意，看上去跟阴囊差不多。”

毫无征兆地，又到了上演“恶心”模式的时间。我不太提得起兴致，但也尽我所能。

“是阴囊吗？难道不是屁眼？”

“这皱巴巴的玩意？是阴囊，我想。查下菜单好了。”

“那带须的玩意又是什么？”

“那倒有可能是屁眼。你点的是大份吗？大份里就有屁眼、阴囊，嗯，油煎驴鞭。呃，汤里说不定还漂着毛乎乎的山羊奶子呢。”

“没错，这就是大份。”

“山羊奶子富含抗氧化成分哟。”

“我在找驴鞭。哪里也没找到嘛。”

“看来你没福享用。”

“真气人。我的汤里竟然没有驴鞭。我气炸了。”

“我的这份倒挺大方，放了好几块油煎驴鞭。”

我有点词穷，过了片刻便再也玩不出什么花样。

“别气，小子。”厄尔哄我道，“比这厉害的我也见识过。”

尾声

总之，现在是六月，而我刚刚写完以上一切。首先：感谢上帝，本书终于到了尾声。恐怕我可以在这页上胡写一通，因为你总不会一直熬到结尾了吧——对英语来说，对所有语言来说，本书简直堪称奇耻大辱。大家真应该剥夺我使用语言的权利。与此同时，反正我爱写什么就写什么。例如：威尔·卡拉瑟斯的“小弟弟”长得缩头缩脑。见鬼去吧，威尔·卡拉瑟斯，我才不在乎跟你有什么交情。

您应该已经知道，我申请上了匹兹堡大学，但又暂缓入学，因为我在英文、微积分 I、生物学 II 和体育第一学期的课程上全吃了不及格。爸爸认为，如果把我这些课程挂掉的原因告诉匹兹堡大学的招生部门，说不定能力挽狂澜。爸爸动不动就提“丧友之痛”，听上去活像“上油止痛”。妈妈则认为，我应该给你们放映《瑞秋》，而我闻言竟然没装死（连五秒钟也没有），也许正是成熟的一种表现。爸妈又建议我拍摄一部新作，以供诸位参考，但在拍摄完《瑞秋》以后，在我发现厄尔与拍电影一刀两断以后，我已经从影界金盆洗手了。

几经考虑，似乎我还是应该澄清一下。再说，整整一个夏季，除了傻兮兮地补修以便拿到高中学位以外，我也无事可做。我想，反正是人就能写本书。于是，匹兹堡大学招生部门的诸位，我写下了本书供您参阅。它起码可以证明：并非是人就能写书，除非我们谈的是一本空洞乏味到史无前例的书，所以，至少在这点上，本书颇能派上用场。

既然我已经写出了这本破书，很明显，本书恐怕难以改变您的看法。我的意思是，如果它让您改变了心意，列位决定再次让我入学，那贵部门的全体成员都该被炒鱿鱼。因为我向您展示的明明是：我是个蠢货，既难以感受到恰当的情感，也不太胜任正常人的生活。

再说，我曾声称贵校是“卡内基梅隆大学的同胞血亲，只不过块头大一些，也呆一些”，对贵校颇为不敬。

不过，写下本页时，我意识到，我应该重返电影界。因此，如果贵校依然准备录取我，那太棒了。不过请记住：我可能会在一年之内离校，申请电影学院。总之，我现在就会开始拍电影，说不定还会试试招募几名演员。

我也对自己有了更深的了解，也许我会说出来——反正也没人会读这本破书。光看这本书，也许显得我讨厌自己，讨厌自己所做的一切。其实并不全对。我讨厌的是过去的自己，对现在的自己倒还没什么怨言。我感觉自己很有可能会拍出一部佳作，有朝一日吧。也许再过六个月，我就不再这么想了，管他呢。这只是格雷格·S. 盖恩斯那紧张刺激、波澜起伏的生活中的一章罢了。

（不过，也请容我申明：重返影界并不意味着我会把本书改编成电影。绝无可能。一本好书一旦被改编成电影，总会闹出点笑话，鬼才知道这部屁话连篇的书改编成电影会造出什么孽。搞不好还会把联邦调查局牵扯进来呢，说不定诸位会认为这本破书跟恐怖袭击有一拼。）

在此，我也不得不为麦迪逊·哈德纳抓狂片刻。事实证明，她的交往对象根本不是什么匹兹堡钢人队队员或大学生。距离离校还有两周的时候，她开始与艾伦·麦考密克约会。他是个小个子、瘦巴巴的哥特呆瓜，皮肤比我还差，胳膊和腿短得出奇，长着一张狂野的大脸，跟他身体的其余部分根本不搭。实际上，我猜他不再算是个哥特呆瓜了。今年二月，他不再在早间跟斯科特·梅休一起玩魔法牌了，摇身变成了一名如假包换的高才生。但那又怎样。原来，麦迪逊·哈德纳根本没有什么交友标准。

所以我想，一直以来，如果我多花点时间在学校餐厅，少花点时间在麦卡锡先生的办公室，说不定就有机会跟麦迪逊在一起。

转念一想，鬼才知道会不会。

说到麦卡锡先生，原来他并不是个瘾君子，他也没有在自己的汤里放大麻。我们嗑药嗑“嗨”的那次，罪魁祸首其实是厄尔带到学校当午餐的曲奇。那是麦克斯韦当时的女友为他做的，里面放的大麻数不胜数。事发几个月后，厄尔才发现真相，当时他和麦克斯韦碰巧正揍得对方屁滚尿流。

真让人松了一口气啊。与此同时，这也与我对毒品的认知相符。说实话，一个一天到晚“嗨”翻天的老师怎么可能跟麦卡锡先生一样，如此风趣、如此莫测、如此注重事实呢。相反，嗑药的老师只怕会不停地吃东西，连个整句也说不清楚吧。

至于厄尔，自从在楚银西贡美味店一聚后，我们又一起玩了几次。目前他在温蒂汉堡店帮工。他个子太矮，没办法做收银台的活儿，惹得他怒气冲冲。他还住在家里，但正存钱准备搬进自己的公寓。

跟厄尔一起玩却不拍电影，实在怪得很。我们坐下来，谈起各自的生活。过去几个月中，我对他的了解竟然超过了一起拍摄盖恩斯 / 杰克逊电影的那些年头。让我告诉你：厄尔疯得没边了。

私底下，我有份痴心妄想（我知道，是蠢到家的白日梦嘛）：从电影学院毕业以后，我“分分钟”就能拍出一部轰动一时的大片，然后开一家电影制片公司，雇厄尔当联席总裁。但天下哪有这等美事？事实上，如果日后我和厄尔还能再度联袂，只怕地点更有可能是在温蒂汉堡店。真不敢相信我刚写下了这句话，堪称我一生中写过的最令人沮丧的句子。但话说回来，没准它会变成真的。

我想，我还要多提一件关于瑞秋的事。妈妈和我离开医院大约十小时后，瑞秋离开了人世。大家为她在我们的犹太教堂举行了一场怪异的犹太葬礼。感谢上帝，没人逼我在葬礼上致辞，也没有放映我与厄尔拍摄的电影。瑞秋的遗体被火化，骨灰撒在弗里克公园——显然，那是她小时候爱去的地方。七岁的时候，有次她离家逃到弗里克公园，不过她并非想离家出走，只是想在林间度日，当一只松鼠。

人死后却还能对她有更多了解，是件诡异的事情。但在某种程度上，也颇为让人宽慰。我不知道原因。

或许，我该想个办法把她安排进我的下一部电影。我说不好。说实话，我也不知道我在瞎扯些什么。

FIN

（全文完）

图书在版编目（CIP）数据

我和厄尔以及将死的女孩 /（美）安德鲁斯（Andrews，J.）著；胡绯译.
—长沙：湖南文艺出版社，2016.5
书名原文：Me and Earl and the Dying Girl
ISBN 978-7-5404-7577-2

Ⅰ. ①我… Ⅱ. ①安… ②胡… Ⅲ. ①长篇小说-美国-现代 Ⅳ. ①I712.45

中国版本图书馆CIP数据核字（2016）第076666号

著作权合同登记号：图字18-2016-021

WO HE EER YIJI JIANG SI DE NÜHAI
我和厄尔以及将死的女孩

作　　者：［美］杰西·安德鲁斯
译　　者：胡　绯
出 版 人：刘清华
责任编辑：薛　健　刘诗哲
监　　制：蔡明菲　潘　良
特约策划：马冬冬
特约编辑：刘　筝
版权支持：辛　艳
营销支持：李　群　杨清方
版式设计：张丽娜
封面设计：利　锐
出版发行：湖南文艺出版社
（长沙市雨花区东二环一段508号　邮编：410014）
网　　址：www.hnwy.net
印　　刷：北京京都六环印刷厂
经　　销：新华书店
开　　本：880mm × 1270mm　1/32
字　　数：206千字
印　　张：9
版　　次：2016年5月第1版
印　　次：2020年1月第2次印刷
书　　号：ISBN 978-7-5404-7577-2
定　　价：38.00元

质量监督电话：010-59096394
团购电话：010-59320018